領怪神犯２

木古おうみ

角川文庫
23736

CONTENTS

Presented by
Oumi Kifuru

間章

領怪神犯特別調査課に与えられた場所はない。唯一存在が許されているのは、膨大な資料を保管する特別機密用の書庫のみだ。調査員たちの会議や報告はその時々の空室をあてがわれ、行われる。その際、扉にかけられたホワイトボードに書かれるのは「会議中につき、立入禁止」のひとことだけだ。それだけで、役所内に静かな結界が生まれる。

ノックの音が、その静寂を破った。

「今、会議中だから……」

室内にいた片岸が言い終わる前に扉が開く。見覚えのないスーツ姿の男が立っていた。二十代前半のようだが、若さに反して厳格な印象だった。鋭い目つきと、背筋を伸ばし、足を肩幅に開いた立ち方は刑事か軍人のようだと片岸は思う。男は資料を手にした片岸と部下の宮木を睥睨した。

「知られずの神の調査結果は、あの報告書が全てか？　また異状なし、か」

詰問するような低い声と視線は宮木に向けられていた。片岸は一歩前に出る。

「あの村に行って何も感じなかったのか」

「報告書に書けるようなことは何も」

男は嘲笑とも失望とも取れる息をついた。

「宮木、何か摑んでくると思ってたんだがな」

「ご期待に添えず申し訳ないです」

宮木は眉を下げて苦笑する。片岸は資料を机に押しつけた。

「なあ、悪いがあんた誰だ？　立入禁止って書いてあっただろ。部外者が面白半分で口を挟む領分じゃねえぞ」

「片岸さん」

取り成そうとした宮木を見て、男は肩を竦めた。

「宮木が知ってるはずだ。俺が誰かちゃんとわかってればの話だがな」

男はそう言い残し、音を立てて扉を開けると立ち去った。揺れるホワイトボードが扉を搔く音だけが響く。男と入れ替わりに、青白い顔の六原が部屋に入ってきた。

「どうした。悲惨な顔だな」

片岸は深く息を吐いて額に手を押し当てる。

「妙な野郎が勝手に入ってきて好き勝手言って帰っていったんだよ」

「今出ていった切間さんのことか？」

「知ってるのか！」

六原は含みのある笑みで肩を竦めた。

「知ってるも何もうちの創設メンバーのひとりだぞ。大昔、警察の管轄だった前身の組織、領怪神犯対策本部の頃からいる最古参だな」

「二十年前の話だぞ。ってことは、あの男、少なくとも四十超えてるのか？」

「そう見えないがな。俺くらいの立場では会うこともほぼない」

宮木は苦笑しながら口を挟んだ。

「見た目も昔からずっと変わりませんし、人間離れしてますよね」

「昔からって、知り合いか？」

「はい。私の両親とも面識があったらしくって。進学の資金とかでお世話になってました。私の父親は蒸発しちゃってますから」

「お前、苦労してたんだな」

「よくある話ですよ。パトロンがついてたんですからうちは全然いい方です」

片岸は鋼鉄の扉の向こうを睨んだ。

「めちゃくちゃ関係者で上司じゃねえかよ。部外者って言っちまった」

「タメ口でしたしね」

六原は片岸の肩を叩いた。

「安心しろ。上司に何を言おうとこれ以上左遷されることはない。既にここが最果てだからな。精々嫌がらせで二、三度危険な任務に送られる程度だ」

「励ましてるみたいに追い打ちかけるなよ」

宮木は声を上げて笑う。


男は暗い廊下を進む。蛍光灯が音を立てて明滅し、男は窓のブラインドを無造作に指で押し下げた。

「異状なし、か……」

男は低く呟いた。

「ない訳ねえだろうよ」

窓の外には二十年前から何も変わらない東京の空が広がっていた。

蓋を押す神

RYOU-KAI-SHIN-PAN

There are incomprehensible gods in this world who cannot be called good or evil.

序

地獄の釜の蓋が開くぞぉ、ってなあ。今の子どもはもう知らないか。

怖い話じゃない。ほら、地獄ってのは血の池だとか針の山とかいろいろあるだろう。そんな中に、悪いことした奴らをずっと煮ておく釜があるんだと。四六時中休みなく炉を焚いてずっと煮てるんだが、お盆だけは釜の火を止めて、悪い奴らでも子孫に会いに行けるように釜の蓋を開けてやるんだよ。恩赦ってやつだな。要は、地獄の獄卒も休みを取るんだから、野良仕事に追われっぱなしの俺たちもちっとくらい休もうぜって話だな。まあ、そんくらいの意味なんだ。普通はな。

ああ、うちは違う。あんた、ここに来てからちょっと暑くなったと思わなかったか？なあ、普通はこんな山奥に来たら涼しくなるもんなのに茹だるみたいに蒸し暑いだろ。じゃあ、この村に入ったときに変なもの見なかったか？　ないか。そりゃあよかった。あんなもんは見ないに越したこたあない。ありゃあ人間かどうかもわからねえからなあ。俺なんかはずっとこの村に住んでるから、子どもの頃から嫌ってほど見たよ。何と言ったらいいかなあ。ひとの形には似てるんだが、焼けて溶けてぐずぐずになっちまったみてえな奴らだ。俺にもよくわからんが、まあ、ろくなもんじゃねえってのは確かだよ。あそこの山は火山でさ、俺の曾祖父（ひいじい）さんの代の頃に一回噴火したらしい。その頃は火口が真っ赤に燃えておどろおどろしいからって、地獄の入り口なんて呼ばれてた。実際見なきゃ信じられないだろうが、山のてっぺんには大きな蓋があるんだよ。マンホールみてえな丸いデカい鉄の蓋がな。おかしいよな、普通火山にそんなもんつけねえだろ。もっとおかしいのが、その蓋が四六時中ずっとガタガタ鳴ってるんだよ。あそこは休火山だ。噴火しねえのにそんな音がするはずはねえ。第一、噴火なら蓋くらいじゃ収まらねえ。気色悪いだろ。奴らはそこから来てんのさ。年寄りの迷信だと思ってるだろうが、実際奴らを一目見てみりゃあすぐわかる。あんな奴らがいるのは地獄の他ねえよ。そうだな。奴らはきっと地獄の釜で煮られてる連中じゃねえのかなあ。ああ、でも、安心しな。地獄もありゃあ、神も仏もあるもんだ。信じねえだろうなあ。でも、行きゃあわかるよ。あの山のてっぺんの蓋のあるところは森に囲まれてよく見えないが、近くまで行くと木とは違う二本のぶっとい棒みたいなもんがあるはずだ。何だと思う？　腕だよ。そう、ここの守り神様の腕が、蓋が開いて悪いもんが出てこないように、ずっと押さえつけてるんだよ。なあ、盆で人間も地獄も休むときにも御構い無しにずっとこの村を守ってくれてるんだ。ガタガタ言う音を聞いても村で怖がる奴はいねえ。ああ、神様が今日も守ってくださってるんだって思うだけさ。本当にありがたいと思うよ。信じねえだろうなあ。

一

嘘なんかつくもんじゃねえ。

二十年間生きて俺が辿り着いたのは、小学校で散々言われるような単純な話だ。その小学校にも途中からろくに行けなかったのが悪かった。親父が借金残して首吊っちまって、真面目なお袋と兄貴が働き詰めで血吐いて死んじまったのもちょっとは悪い。金を稼ぐなら不真面目にやる方がいいと思っちまった。自分ならちょっとは上手くやれると思っちまったのも悪い。だが、最悪なのはこの手の刑事にブチ当たっちまったことだ。

「烏有定人、昭和六十四年生まれ。二十歳か。もう大人だろうが」

目の前の刑事が吊り気味の目を更に上げる。なめし革のような日焼けした黒い肌と、座っていてもわかる背の大きさから、叩き上げの敏腕刑事だと思った。こういう奴には泣き落としも言いくるめもまるで通じない。

「霊感商法詐欺。よくある話だな。最近身内に不幸があっただろうとかほざいて取り入って、除霊だ何だと金を巻き上げる。ろくでもねえことしやがって」

刑事がガラスの灰皿を引き寄せた。重たげな音がした。あれでぶん殴られたら一発で脳天が割れる。そうじゃなくても、あの黒手袋の下には容疑者どもをしばいてきたタコが残ってるはずだ。俺は反論もせずに目を背けた。

「そんなに脅したら何も話せなくなっちゃうでしょう」

刑事の隣に座る眼鏡をかけた女が苦笑した。その仕草があまりにこの状況に不似合いで俺は思わず口に出す。

「悪いけど、あんたら何だ？　本当にここ警察か？」

刑事は眉間に皺を寄せ、煙草に火をつけた。答えを待っても煙しか出てこない。

「あんたはわかるけど、隣の眼鏡の奥さんはどう見たって刑事じゃねえだろ。いいとこ小学校の先生だ」

女は眉尻を下げて俺を見ただけだった。

「俺が詐欺やったのは確かだ。言い逃れする気はねえよ。じゃあ、何で取調が始まらねえんだ。俺の仲間は？　ヒロミもツバキも駒井も一緒にしょっぴかれたの見てたぜ。何で俺だけこっちに呼ばれた？　来るときだって妙だった。目隠しされて政治犯みてえな……」

「うるせえジャリだな」

刑事が煙草を灰皿ですり潰した。灰を散らして立ち上がり、窓のブラインドを下げ、扉の方へ向かう。鍵の閉まる冷たい音がした。しくじった、と思う。穏便に済む手があったかもしれないが、自分で潰した。

「なら、早速始めるか」

刑事は再び座り直し、腕を組んで俺を見下ろした。俺は動揺を悟られないように睨み返す。刑事は机に資料の束を投げ出した。

「お前が詐欺をやった場所はこの村で間違いないな」

手袋の指先が地図に記した赤丸を指す。俺は首肯を返す。一番最近やったのは、とは付け加えないでおいた。

「村の資産家連中に『背後に後光を背負った子どもの手がたくさん見える』と言ったらしいな。何でだ？」

「詐欺なんだから何でもねぇよ。出まかせだ」

鋭い視線が俺を捉(とら)える。

「出まかせならもっと簡単なことがいくらでも言えただろ。わざわざ村には間引きされた子どもや水子をまつる祠(ほこら)がないかとも聞いたらしいな」

「調べたんだよ」

「嘘をつくな」

喉元(のどもと)にナイフを突きつけられている気分だ。

「あの村の信仰に関する資料は意図的に処分されていた。専門家が調べても出てこねぇもんが詐欺師に見つかるはずはねぇ」

「はい、専門家です」

眼鏡の女が笑って手を挙げた。

「凌子(りょうこ)さん」

眼鏡の女が刑事の制止に構わず口を開く。

「私が刑事じゃないのは正解。先生は惜しかったかな。私は民俗学の准教授なの」

「民俗学？」

何故そんな奴が警察にいて、俺の取調に参加している？

「こちらは切間くん。元殺人課の刑事さん」

俺は思わず腰を浮かせた。

「殺人課？　何言ってんだ。俺は流石にひと殺しなんかしてねえぞ」

ドン、と重く響いた音が俺の動きを止める。切間という刑事の拳とともに机に叩きつけられたのは、一枚の和紙だった。そこに描かれていたものに、俺は息を呑む。

「お前が見た〝腕〟はこういうもんじゃなかったか？」

日に焼けてセロハンテープのようになった表面に、乾いた墨の跡があった。湾曲した粗雑な筆の運びで描かれた無数の腕は、水の中で屈折した光のようにも見える。短く、関節の柔らかい、子どもの腕だ。取り繕う言葉を探す俺の喉から漏れたのは吐く前のような呻きだけだった。それだけで、切間は全てを察した表情で頷いた。

「当たりかよ」

「言ったでしょう？」

凌子と呼ばれた女が満足げに口角を吊り上げる。

「光る腕の神は完全に沈黙した。情報も遮断し、人的措置も施した。村外に機密が漏洩する恐れは限りなくゼロ。なのに、君はどうやってこれを見たのかな？」

「詐欺師に聞いて本当のこと言うと思うかよ」

今更悪態をついたところでもう遅い。俺がしくじったのは目に見えていた。切間は撫で上げた前髪を掻き乱した。立ち上がって、俺を威圧するように見下ろす。タッパのデカさと目つきの鋭さで、気の弱い奴なら何でも吐いちまうだろう。

「烏有定人、お前は何を隠し持ってる」

俺は口を噤んだ。馬鹿正直に答えたせいで酷い目に遭った奴もいれば、中途半端にごまかしたせいで酷い目に遭った奴もいる。沈黙はいい手じゃないが、それ以外に方法もない。

「ムショ送りにならずに済む可能性があると言ったら？」

「……何をさせる気だよ」

切間は立ったまま煙草に火をつけ、吹きつけるように煙を吐いた。紫煙が目を刺す。

「俺は殺人課の刑事だった。今も広い意味で人間を殺す恐れがあるものと戦ってる。だが、相手は人間じゃねえ」

凌子が膝の上に置いていた茶封筒から何枚かのポラロイド写真を出した。古びた廃校のプールの端から端まで届くような巨大な腕、山の稜線を縁取るような炎、ダム湖の中央に佇む黒い人影、取り壊されかけの雑居ビルの階段に直立する鉄の扉。怪奇映画の一幕のような異様な写真が広がっていた。

「烏有くん、この世にはね、普通に生きていたら信じられないような存在がいるの。人間の理解は遠く及ばない、神と呼ぶしかないようなものばかり」

凌子は出来の悪い生徒に言い聞かせる教師のような静かな声で言う。

「善とも悪とも呼ばず、人智を超えて人間たちの日常に亀裂を入れる、奇怪にして不可侵のおぞましい神々とその奇跡を、私たちは〝領怪神犯〟と呼んでいるの」

「領怪神犯……」

俺は阿呆のように繰り返す。実際阿呆だ。こんなもの作り物だと突っぱねてしまえばいい。だが、写真を見たときから指先も喉も震えて身じろぎひとつできなかった。

「領怪神犯はその名に犯罪の字がつく通り、多くが長期的な目で見て人類にろくでもねえ影響を及ぼすものだ。実際死人が出ることもある。死体が残るならいい方だけどな」

切間が灰皿の縁で煙草の先端を叩いた。

「だから、殺人課の俺が呼ばれた」

「何なんだよ、ここは……刑事が税金使って怪奇映画ごっこか？」

刑事は犬歯を見せつけるように唇を歪めた。

「ここは領怪神犯対策本部。紛れもない警察の管轄だ。烏有定人、これからお前の真価を試す」

そのとき、俺は資料の山に埋もれて、俺が護送されるときにつけられていた手錠と黒い目隠しがあるのに気づいた。嘘なんかつくもんじゃねえ。だいたいは、嘘より現実の方が手に負えねえからだ。

二

草の匂いがした。焼いて燻された草の匂い。今は野焼きの時季じゃないから、太陽に焦がされた山の草木だろう。田舎の匂いだと思った。俺を乗せる古い車が軋んで停車した。前方の運転席のドアが開く音がして、今度は俺の隣でもう一度音がし、ひといきれのような生暖かい空気が吹きつけた。

「外すぞ」

汗で手錠が滑り落ち、視界が晴れる。草原と一段濃い緑の山が、ワゴンカーの車窓の形に切り取られていた。切間は背広のポケットに手錠の鍵をねじ込んだ。ワイシャツとサスペンダーには汗が染みて所々色が濃くなっている。

「暑くねえのか」

「脱いだら目立つだろ」

「そんな厚着してる方が目立つんじゃねえか」

言いかけてから、切間の上着に隠された黒く硬質な鉄の塊が覗いているのに気づいた。逃げたらこれで撃ち殺されるって訳だ。俺は気づかない振りをして車から降りた。

「どこだよ、ここは」

「教える訳ねえだろ。何のために目隠しまでしたと思ってる」

凪いだ熱気が首筋にまとわりつき、微熱の人間を背負っている気になる。青というより黒に近い色の濃さの森から空気が流れていた。焦げくさい。どこかで火を焚いているのだと思いたかったが、これは生き物の脂が焼ける匂いだ。風は山の上から流れてきている。陽炎で歪んだ森は薄黄色の膜をかけたようだった。鬱蒼とした森の中に入ると、熱気が増した。数歩前を歩く切間のうなじから汗が落ちて背広の襟で跳ねる。

「なあ、領怪神犯ってのは何だ」

無視されるだろうと思っていたが、切間は振り返って肩越しに鋭い視線を向けた。

「発見は明治末から大正初期にかけてだ。交通網や伝達手段の発達で、各地の辺境の奥深くでしか認知されていなかった存在が明るみに出た。人間が信仰より科学に頼るようになり、神のあり方に疑問を抱き始めたのも要因のひとつだな」

「難しく言うな。こっちは義務教育もろくに受けてねえぞ」

吊り上がった目が小さく見開かれた。

「要は科学じゃ解明できないことをやらかす存在がいろんなところにいるってことだ。昔話に出てくる妖怪をより凶悪にしたもんって言えばわかるか。それが神として畏怖や敬意を受けている」

「神ってことは仙人みたいな爺さんとかか」

「形は定まってない。人型や動物、無機物を模したものから姿がないものまである」

切間の言葉に重なって、ガタガタと立て付けの悪い扉を鳴らすような音がした。小屋でもあるのかと思ったが、左右に続く靄のような黒い森には民家も人影もなかった。

「どうかしたのか？」

俺は汗を拭って誤魔化した。

「いや……そんな大昔からいた奴なら放っておけばいいんじゃねえの。大した害はねえんだろ」

「単純な善悪では割り切れない存在だが、害がないとは言えねえな」

切間は俺から視線を逸らし、老人の関節のようにねじれた木々を見た。

「村ひとつ滅んだこともある」

「ひと死にがあったら犯人が人間じゃなくても追うってか。公務員は大変だな」

バタン、と大きな音がした。苛立ち交じりに扉を閉めたような音だ。すぐ近くにいる切間に聞こえないはずがないが何の反応もない。俺も何も聞こえなかった。そう思うことにした。

永遠に森が続くんじゃないかと思った頃、視界が開けた。村の中央を貫く薄茶色の川に、錆びた赤い塗装の橋が無造作に渡され、その端にトタン屋根のバス停があった。その後ろに古い建物がいくつかある。疎らに立つ日帰り温泉の幟が土と雨で汚れていた。仕事もなければ、観光でひとを呼ぶことも諦めたような、鄙びた田舎の村だった。

「役場に行くぞ」

切間が顎で橋の向こう側を指した。四方を森に囲まれて山も近いはずなのに少しも涼しくない。それどころか、熱気が増したように感じた。バス停の前を通り過ぎると、錆びて欠けた円形のプレートに〝鉱山跡〟の文字が見えた。

「鉱山……？」

俺が呟いたとき、視界の端を黒い影がよぎった。逆光で影になっている訳じゃない。全身にタールを塗ったような黒だ。俺は振り返らないようにした。直視しなければいなかったことにできる。

役場は何の情緒もない段ボール箱のような色と形の建物だった。中に入ると、冷風と埃の匂いが吹きつけた。節約のためか、明かりを最小限に絞った受付は霊安室に似ていた。

「県警の切間です。お話伺って参りました。担当の方を」

切間が警察手帳を取り出し、受付の女に見せる。

「県警？」

俺が思わず聞き返すと、脇腹を小突かれた。

「あの、そちらの方は……」

女の視線は手帳ではなく俺に注がれていた。切間は一拍おいて目を逸らす。こいつ、何の口実も考えてなかったのか。俺は息を吸い、女の顔を覗き込むように姿勢を崩す。できるだけ柄が悪くて話が通じない奴だと思われればいい。

「通報者だ、通報者！　あんたらで勝手に口裏合わせるんじゃねえかと思って見張りに来たんだよ」

女は露骨に嫌そうな顔をし、「少々お待ちください」と、席を外した。女が去ってから丸めた背中を叩かれた。

「何で通報があったことを知ってる？」

「知るかよ。ただ、こういう閉鎖的なとこが部外者を呼ぶってことは、外からの通報でもない限りねえと思っただけだ」

切間が呆れと感嘆の混じった息をついた。

「お前みたいな若造に何で騙されるのかと思ったが、少し納得がいった」

「そりゃどうも」

女が三つ揃いのスーツ姿の老人を連れて戻ってきた。冷房が効いているはずの室内に、どろりとした温い風が通った。俺と切間は談話室で、老人と向き合って座った。

「わざわざ県警の方にお越しいただいて。そんなに大ごとではないと思うのですが……そちらが通報者の？」

老人はまくし立ててから俺を見る。

「通報したのはうちの婆さんだ。足が悪いから代わりに来た」

切間が俺を睨む。ここからは余計なことを言うなという合図だ。

「通報によれば、最近こちらの村から不審な黒いひと影が行き来するのを目撃したとか」

切間の問いに老人はバツが悪そうに目を逸らした。

「いや、こちらとしても村人の出入りまでは……」

切間は立ち上がり、窓のブラインドを下ろした。

「私は〝そういった件〟を担当する刑事です。信じられないような案件も扱ってきました。どうか話していただきたい」

老人は白髪を撫でつけた。

「ここに鉱山があったことはご存知ですか」

「ええ、高度経済成長期に鉱害を理由に閉山されたとか」

「そういうことになっています。ですが、本当のところは違う。例の影です」

白いブラインドに一筋黒い雫が伝い、段に溜まった埃を吸って床に落ちた。水滴がリノリウムを打つ音が聞こえた。

「出稼ぎの鉱山労働者が妙なものを見たと言い出して、最初は取り合わなかったのですが、村の人間からも声が上がるようになったんです」

「具体的には？」

「何と申しますか、形や大きさは大人の人間くらいです。しかし、輪郭が曖昧で、頭から墨を被ったように全身が黒く、汁を滴らせて歩き回り、どこかに消えるのです」

「実害は？」

「害というのはありませんが、不気味ですし、見ればよくないものだとわかります」

空調が轟音を立てて風を送った。冷風に煽られ湿気と熱気が争うように広がり出す。

「それらは山から来ているようでした。閉山の直後、男衆が影の正体を突き止めるため山に登った際、山頂に大きな丸穴のようなものが見つかりました。穴底からは影によく似た黒い塵が噴き出していました」

「それで？」

「鉱山があるというのに不甲斐ない話ですが、別の所から取り寄せた鉄を蓋に加工し、丸穴に被せました。そして、村に昔からある神社の神主の方にお祓いをしていただきました」

老人は言葉を区切った。

「以降、影の目撃情報はない？」

「はい。ですが、ここ最近再び村で見かけた者もいるそうで」

「心当たりは？」

「蓋が古くなっているのだと思います。経年劣化で削れたのか、山の方からガタガタと響く音がすることもあります」

「蓋以外の措置は何も？」

「措置とは言えませんが、別の方法で蓋を押さえております。先程申し上げた神社ですが、私どもの村の守り神というのは少々特殊で……」

老人は手を広げる素振りをした。背後で動きを真似る黒い両手から飛び散った汁が机に散る。限界だった。俺は机を蹴飛ばすように立ち上がり、談話室を飛び出した。廊下を駆ける。湿った足音がついてくる。すれ違った受付の女が俺を見る。

役所の外の暑い空気が俺を包んだ。喉からも熱が迫り上がる。俺は身体を折り曲げて吐いた。喉の筋肉が震え、溢れた胃液が熱いアスファルトに零れて音と湯気を立てる。朝から何も食ってなかったことを思い出した。何度かえずいたとき、足元の染みに一滴の雫が落ちた。土の色を濃くしたのとは違う、元から黒の雫だ。生焼けの人間のような何かが俺の真後ろにいる。剝き出しの歯茎から黒い汁が染み出し、溶けかけた顎と混じって垂れる。見るな。見たらいると認めたことになる。

「烏有！」

声と同時に影が消えた。顔を上げると、追ってきた切間が呆然と俺を見下ろしていた。

「吐いてたのか？」

「大したことねえよ。日射病か何か……」

ガタッと耳元で音がして思わず飛び退いた。怪訝な顔のまま切間が俺の肩を支える。

そのとき、ちょうど真正面から山を見てしまった。入道雲の裾から突き出したような巨大な二本の腕が山頂に突き込まれている。皮膚の下の静脈まで見えた。腕は何かを必死で押さえつけるように血管が膨らみ、震えている。見えないと思いたかったが、もう駄目だ。

嘘なんかつくもんじゃねえ。わかっちゃいるが、俺はそうしないと生きられねえ。

三

　切間が銃口を突きつけるような顔でペットボトルの水を差し出した。俺は受け取った水で口をゆすぎ、足元の側溝に吐き出す。酸の味がまだ奥歯に残っていた。煙草で苦味を上書きしたいと思ったが、捕まったとき没収された。切間は何も言わず俺が話すのを待っていた。こういう奴にハッタリは通じない。

「俺の先祖は拝み屋だったらしいんだ。病気が流行ってる村を回って、祈禱の真似事して金をせびるだけの詐欺師だ。その頃からイカれて死んじまう奴が多くて、まともな仕事に就けなかったんだろうな。旅の最中に病気をもらったせいだって爺さんが言ってたけど、違う。俺も死んでった奴と同じだ……見たくねえもんが見えるんだよ」

　俺はかぶりを振った。背後にまだ黒い影がこびりついているような気がした。切間は俺を見下ろしたまま深い溜息をついた。

「親の因果が子に報う、か」

　俺は肩を竦める。

「で、何が見えた？」

　見たものの話は親にもしたことがない。だが、神だ何だを真剣に追いかける同じくらいイカれた奴になら言ってもいいだろう。

「黒い、溶けかけた人間みたいな影がたくさん。役所の爺さんの後ろにも見えた。それから……」

　俺は筆が折れそうなほど押し当てて描いた黒い線のような山の輪郭を指す。

「あの山のてっぺんに二本の腕が見える」

　切間は目を見張った。たぶん隠していた情報があるのだろう。超能力者にトランプを透視させるように、俺が言い当てるか試していた。そして、言い当てて終わる訳がない。あの山に行って、実際に神とやらを見つけて真相を解明するまでが仕事だろう。うなだれる俺の首筋を強い日差しが啄んだ。

　想像通りに俺と切間は山へ向かう道を進む羽目になった。陰鬱な林が続く上り坂の端に、崩れたブロック塀や赤く錆びた鉄塔の残骸があった。炭鉱が未だに稼働しているんじゃないかと思うほど蒸し暑い。影が視界の端を過ぎって思わず身構えると、背後の切間が早く行けと急かす。

「デケえんだよ。影になるから後ろに立つな。日時計かよ」

　切間は不機嫌そうに睨んでから俺を追い越した。土に埋もれた線路の跡に躓かないよう歩いていると、巨大な茶色い一升瓶のようなものが見えた。

「何だあれ」

「焼成炉だな、煉瓦造りは珍しい」

　目を凝らすと、塔の真ん中に穴が開いていてかまどのようにも見えた。

「耐火原料の加水ハロイサイトか何かを加工してたんだろう。炉自体も耐火煉瓦だから未だに残ってる」

「お若いのによくご存知ですね」

急に響いた声に飛び退きそうになった。振り向くと、焼成炉の陰から老婆が欠けた歯を見せつけて笑っていた。間違いなく生きた人間だ。

「どうも。調査に伺う途中でして」

切間の事務的な答えに老婆は鷹揚に笑う。

「あの音ですか？　最近響きますからねえ」

切間は眉を吊り上げた。木々のざわめきと枯れ枝が軋む音に、ピシピシと鳴る微かな音が交じる。鈍色の鉄に少しずつ亀裂が入るのを想像する。老婆の歯から空気が漏れた。

「蓋を押す神、私たちはそう呼んでますけどね」

ガタガタと先ほど聞こえた重たい音がした。

「ここは火山だったんですよ。今は大人しいですけど、大昔はしょっちゅう噴火があって、黒と赤の溶岩で山が爛れたみたいになりましたから、地獄に一番近い山なんて言われましてね」

老婆の足元の土は気泡のような穴が空いていた。爛れた影に似ていて俺は目を逸らす。

「喉元過ぎれば、ですね。噴火が収まってから欲をかいたひとが、危ないっていうのも聞かずに鉱山を開きまして。埋まってたものを掘り返すでしょう？　それからですよ。

あんな黒い影が出たのは。みんな、地獄から出てきたんだって言いますね」

俺と切間は口を噤む。老婆は表情を和らげた。

「でも、うちには守り神様がいますからね。穴ぼこに蓋をして、その下から何かが出てこようとしても、ずっと押さえつけて守ってくれてるんです。鉱山が開かれるまで神様を見たひとはいないんですが、村が危なくなってから守るために降りてきてくれたんですよ。地獄からあれが出てこないようにね」

俺は木の天蓋に阻まれて見えない山頂に目をやった。山に突き込まれた二本の腕は神の姿って訳か。


老婆と別れて、俺と切間は再び歩き出した。

「蓋を押す神だとさ、知ってたのか？」

切間は険しくなり出した山道を進みながら頷いた。路肩に朽ちた鎖があり、「閉山」「立入禁止」のプレートが落ち葉に覆われていた。山に入るほど熱気が濃くなる。

「守り神がいるならそいつに任せておけばいいんじゃねえの」

息が上がり出して喋るのが辛い。

「村の人間もそう思ってるだろうな」

切間は短く答えた。

「なら、尚更……」

枝に隠れていた鴉が飛び立った。黒い影が頭上に落ちる。

「守り神に見えたのか」

羽音は遠くなったのに影が消えない。鳥の形じゃない。俺は見えない振りをする。

「神には詳しくねえよ」

「証言に惑わされるな。自分の疑いを信じろ」

切間はそれ以上何も言わなかった。無言で山を登る。木の幹の間を埋め尽くすように爛れた影が現れ、黒い汁が濡れた土を更に濃くした。扉がガタつくような音も徐々に大きくなっていく。守り神なら何も警戒しなくていいはずだ。自分に言い聞かせるが、ちらつく影が不安を煽る。熱い呼気が首筋や耳元に触れた。顎と首の境がなくなるほど溶けた人型が俺の周りを囲む。剝き出しの歯が笑っているように見える。ガタガタ、ピシピシと鳴る音。守り神のはずなのに、何でこの音は影と同じくらい不気味に感じるんだ。

「着いたぞ」

切間の声に顔を上げると、周囲の影が消えた。熱気はまとわりついたままだ。音が直接鼓膜を揺さぶるように大きくなっていた。沸騰して今にも飛びそうな鍋の蓋を無理矢理押さえるような音が木々の合間から響いている。

「あんたにも聞こえてるか」

切間が首肯を返し、一歩ずつ足を進めた。俺はその後を追う。足元の土が焼け爛れた皮膚のように黒くかさついている。きっと溶岩の跡だ。火傷を突き破るようにして生えた皮の剝がれかけた木々の隙間から、ひときわ太い二本の腕が見えた。山頂の更に上の雲から降ろされた腕が小刻みに震えていた。血管が浮き、筋が硬直し、力を込めているのがわかる。そこだけ木を刈り取り、地面にはめた巨大なマンホールじみた蓋を、腕が押さえつけていた。蓋は下から飛び出そうとする何かの力で浮き沈みを繰り返し、手のひらがそれを押し返す。切間が息を吞む音が聞こえた。

「あれが蓋を押す神か……」

「あんたにも見えてんだよな」

「ああ」

震動が耳朶を伝う。乾いた音は蓋に亀裂が入る音だ。その度に、蓋の表面から煤塵のような靄が散った。影たちは蓋の周りを取り囲み、踊っているように回り出した。蓋がひときわ大きく跳ね、蓋を押さえる腕が強張る。ああ、やっぱり俺にしかわからない。

「何が守り神だよ……」

切間が俺を見た。影が動きを止め、一斉に溶けた顔を俺に向けた。二本の腕は変わらず蓋を押し続ける。中央を押す親指に力が込められている。まるで、硬い胡桃の殻を割るように。

「押さえてるんじゃねえ。押してるんだ。外開きじゃなく内開きの扉みたいなもんだ」

影たちが黒い唾液を垂らし、威嚇するように歯を見せる。

「あの腕は、蓋を割って中の奴らを出そうとしてんだよ」

バタン、と音がした。蓋を押さえつけていた腕が宙に浮く。飛び跳ね続ける蓋から離れた腕が揺蕩い、手のひらを緩く握った。人差し指を残して固く閉じられた手がゆっくりと俺の方を向く。拳銃を突きつけるように、二本の指がそれぞれ俺と切間を指した。

蓋から煤塵が噴き出し、視界が黒く染まった。

気がつくと、俺は草原を背にして停車したワゴンの前にいた。粗雑な舗装のアスファルトが頬に嚙みつき、地面に倒れていたのだとわかる。

「目が覚めたか」

切間が煙草を片手に俺を見下ろしていた。

「あの神はどうなった……」

「どうもしねえよ。あいつに指さされてぶっ倒れたお前を連れて俺は山を降りた。それだけだ」

俺は立ち上がる。手に残った地面の凹凸が溶岩の跡を想像させた。

「あれ、どうすんだよ」

「大至急蓋を何重にも重ねるよう申請する。定期的に補強もするよう伝える。村の奴らには『神の頑張りだけじゃ対抗できそうにないから助力してやれ』とでも言うか」

「守り神なんかじゃねえって言った方がいいんじゃねえか」

「言っても聞くかよ」

切間が首を振った。

「領怪神犯はその名の通り神だ。信じる人間がいる限り存在する。神をどうにかするより、信心を変えさせる方がよほど難しい。場当たり的な対処しかできねえんだよ」

俺は肩を竦めた。切間は煙を吐く。山に霧の橋が架かった。

「俺は人間のことはわかっても怪異は専門外だ。神の本質を見られる人間が必要だ」

切間が煙草を挟んだ指で俺を指した。

「領怪神犯対策本部職員にお前を正式に任命する」

俺には見えないはずのものが見える。だが、領怪神犯に相対する人間のところにいれば、見えていいものになるはずだ。嘘をつくのはもううんざりだ。

「どうせ拒否権なんかねえんだろ」

切間の皮肉めいた微笑が返った。俺は顔を上げる。青黒い山の頂には二本の腕が依然としてそこにあった。

火中の神

RYOU-KAI-SHIN-PAN

There are incomprehensible
gods in this world who cannot be called
good or evil.

序

火が怖い？　ぼやにでも遭ったことがあるのかい。そりゃ目の前でごうごう燃えてたら怖いけど、こういう夜中にぽっと灯ってると安心しないか？　普通は暗闇の方が怖いだろ。人類が火を発明してからどんどん強くなったのは闇に勝てるようになったからさ。闇の中にはどんなものがいるかもわかりゃしない。凶暴な獣がいるかもしれないし、仲良くしてた友だちが刃物を持って待ち構えてるかもしれない。もっと怖いのは、見えないからって際限なく怖いものを想像させられることだ。実際見てみたら何だこんなものかってこともよくある話だよ。この村の森は深いからみんなよくないものを想像したんだろうなあ。だから、明るい太陽に守ってもらおうって思ったんだ。

ほら、お囃子が聞こえる。みんなして松明を持って神社の方へ登っていくだろう。うちの村は太陽の神様を祀ってるところだから、今日みたいな祭りの夜はずっと明るくしておくんだ。そうやって、まだ昼間なら太陽が出て行かなきゃって勘違いした神様に下りてきてもらうんだ。その火が怖いか。何だか悪霊みたいだな。嘘、嘘、冗談だよ。でも、そうだな。ああして神社で火を焚いてるときは怖いと思った方がいいのかもしれないな。うちの神社は大きいだろう。それで、その周りに小さい祠（ほこら）やお社がたくさんある。何でかわかるかい。昔、ここらじゃ小さな恐ろしくて悪いもんをしょうがなく神様として祀ってたのさ。でも、祀ってやったのに変わらず悪さを続けるもんだから、いよいよ立ちゆかなくなった。それで、遠くからわざわざでかい神様を呼んで、みんな退治してもらおうって考えたんだ。だけど、太陽の神様が帰ってしまう夜中は、抑えてた悪いもんがうようよ出歩いていた。大きくて眩（まぶ）しいもんの陰には必ず、小さくて悪いもんが、たくさん隠れてんだ。怖がらそうとしてるんじゃない。昔の話だよ。

それ以来、この村には夜でもずっと太陽があるんだ。何のことかわからない？　森の奥が光ってるのを見たことはないかい。ぼんやり篝火（かがりび）を焚いてるみたいに森全体が赤く輝いていることがあるだろ。いや、太陽というより、炎だな。太陽は照らすだけだろ。どんなに暑くても焼け死んだりなんかはしない。でも、炎は違う。小さな恐ろしくて悪いもんを全部まとめて焼いてくれるんだ。今周りにある祠やお社はもう形だけみたいなもんだよ。悪さをしないようにあの森の奥の炎がずっと燃やしてるんだ。その、小さな恐ろしくて悪いもんはどんなものだったかって？　さあ……、もう忘れたよ。今頃、炭になって誰が見たって元が何だかわからないさ。

一

真夏の午後の日差しが差し込んで、窓枠が拷問器具のように熱を持っていた。カーテンを閉めようとして肘をサッシにぶつけた凌子は、慌てて腕を引っ込めた。

「すごい熱。火傷しそう」

誤魔化すように眼鏡を押し上げる仕草はどう見ても警察関係者とは思えない。警察署の奥に押し込められた対策本部に流れる空気は静かだ。たぶん、馬鹿みたいに張り詰めた切間がいないからだ。クリーム色のカーテンを閉め、凌子が口を開いた。

「初仕事はどうだった?」

「訳わかんねえよ」

「正解」

答え方も教師然としていた。

「わからないものに無理矢理納得いく解釈をつけないことが大切なの。いろんな可能性を見失ってしまうから。領怪神犯は訳がわからないのが当たり前だからね」

俺は肩を竦めた。ひとに褒められたのは数年ぶりだ。お袋が死んで以来だと思う。

「でも、わかってることもいくつかあるから。疑問に思うことがあったら聞いて。烏有君は新人だしね」

「じゃあ、何であんただけ下の名前で呼ばれてるんだ」

凌子は眼鏡の奥の目を瞬かせて微笑んだ。

「名字で呼ばれるのが苦手なの。気に入ってなくて」

「どんな名字だよ」

答えはない。

「最初の文字は？」

「み、だね」

「……御手洗とか」

「それは全国の御手洗さんに失礼。珍しい名前じゃないよ。ただ地元に多い名前だから、昔の知り合いに会っても面倒だしね」

凌子は苦笑して背後の本棚の方を向いた。古書やファイルが詰まった棚には、凌子の私物らしき写真立ても並んでいた。日焼けで色褪せた写真だ。古い日本家屋の前に、大人と子どもが集合している。その中に凌子と、親しげに肩を並べる男がいた。男が誰かよりも、前列の子どもが気になった。目の下に泣き黒子のある兄妹だ。妹は恥ずかしげに微笑んでいたが、兄は能面のような無表情だった。写真について聞く前に、殺人現場を見てきたばかりのような顔の切間が部屋に入ってきた。

「烏有、仕事だ」

机の上に使い古されたリングノートが投げ出され、付箋を貼った頁が広がった。凌子が後ろからノートを覗き込む。

「今度は何処？」

「どうせ何処でも化けモン騒ぎだろ。暑くねえなら何でもいい」

罫線に沿って貼り付けられた写真には、青白い暗闇の中央にフラッシュを焚いたような鮮烈な光が走っていた。下手くそな奴が撮ったのかと思ったが、違う。使い捨てカメラの画質では写しきれない強烈な光だ。

「残念だが、下手したらこの世で一番暑いところかもな」

切間が俺を見下ろして吐き捨てるように呟いた。

ワンボックスカーのタイヤがデカい石を踏んでぼこん、と跳ねた。

「下手くそ」

運転席の切間が俺を睨む。

「じゃあ、お前は歩くか」

助手席のシーでこいつの運転を眺めていて思ったが、センスがなさすぎる。地面から突き出した木の根や石ころを馬鹿正直に踏んで、毎回車をバウンドさせる。到着する前に全身が痣だらけになりそうだ。車は黒くしなだれかかる木々と黒い土でトンネルのようになった山道を進んでいた。細い道には光が差さず、直進するたび飛び出した枝が車体の腹を引っ掻いた。産道のようだと何となく思う。気が滅入りそうな暗がりの中を進んでいくと、道の端に茂みを抉り取った代わりに詰め込んだような小さな祠が突然現れた。三角形の屋根はほとんど腐りかけ、紙垂は雨風で茶がかって千切れている。観音開きの扉は開け放たれていたが、中は黒く汚れて何が入っているか見えなかった。タイヤがまた木の根に搦め捕られて速度を落とす。だから、祠の中をじっくり観察する時間ができてしまった。見なきゃよかった。影で黒くなっているんじゃない。神像や仏像なんかが収められているはずの内部は、うっかり蠟燭を倒して燃やしてしまったように煤がこびりつき、焼けた木の板がささくれだって炭化していた。

「なあ、今回の神ってのは……」

俺が言いかけたとき、向こうから光が差して切間がブレーキを踏んだ。祠はもう後方の茂みに埋もれて見えなくなっている。前には開けた空間が広がっていて、村民らしい初老の男が脇の汗染みを見せつけながら俺たちに手を振っていた。

降車した切間が警察手帳を見せると、男が腰を折り曲げる。

「東京からわざわざご苦労でした……」

わざとらしいほど丁寧な挨拶の後、男は俺に目を留めて困り果てたような表情をする。来る途中でケチな犯罪者でも捕まえてきたのかと言いたげな面だった。

「こっちも関係者です、ご心配なく」

運転と同じくらい下手な言い訳をして、切間は俺の背中をどつく。仕方なく会釈すると、男も曖昧な礼を返した。

俺たちを先導するように深くなる森を進む男の背に、切間が声をかける。

「この辺りに古くから村で信仰されている守り神の社があるとか」

「そうです。平たく言えば太陽神ですね。それだけなら何処にでもありますが……」

男は早くも息が上がったようで、わずかに苦しそうに答えた。

「天照大神(あまてらすおおみかみ)ですか。神明(しんめい)神社の総本山は伊勢(いせ)ですが、全国に分布していますからね」

「そうです。よくご存知で……」

俺が話についていけず、木の上で針のような枝を啄(ついば)んでいる鳥を眺めていると、切間が声を潜めて囁(ささや)いた。

「天照大神ってのは日本神話にある太陽神だ。元々有名な神だから古代の天皇たちが自分の権威づけに使った。中でも、持統(じとう)天皇は皇位を継承するはずの息子が死んで自分が即位したときに、自らを神と同一視させて権力を高めるために、各地に太陽信仰の神社を設けた。義務教育でそれくらい習うだろ」

「その義務教育をろくに受けてねえって言っただろうが」

切間は吊(つ)り気味の目を丸め、バツが悪そうに視線を泳がせた。

「詐欺師なら使えそうな情報くらい仕入れておくんだな」

そう言って、切間が足早に男の後ろを追い始めたとき、急に周囲の温度が上がった気がした。ぱち、ぱち、と柏手(かしわで)に似た音がする。茂みの中を鱗粉(りんぷん)じみた赤い粉が漂った。

どこかで火を焚いている。

「こちらです」

男が足を止め、指を差した。俺と切間は息を呑んだ。山の奥にあるはずのない真っ赤な炎が燃え盛り、森を茫洋と輝かせていた。千切れた炎が飛び立つ蝶のように宙を舞い、陽炎を起こして滲む。枯れ木が燃えて爆ぜる音が強くなった。

「うちで言う太陽神っていうのは、太陽より炎に近いんですね。夜が来ると隠れてしまう太陽と違って、こうしてずっと昼も夜も燃えてるんですよ」

男は眉尻を下げて言った。絶句していた切間が俺に視線を向ける。どう見たってこれは炎だ。太陽が地上で燃えるはずがない。またろくでもないものが蔓延っている。そんな予感がした。

「この辺りには昔から悪さをするものがよく出まして。来る途中祠を見ませんでしたか。仕方なく神様として祀るしかない悪霊みたいなものがたくさんいたんですよ。でも、昭和の初め頃ですかね。急に森の奥がこんな風に光り出して。最初は驚きましたが、それ以降悪さをするものは何も出てきません。神様がまとめて燃やして村を守ってくださってるんですよ」

男は両手を合わせて穏やかに合掌した。

「それはそれは……」

間の抜けた応えを返した俺の脇腹を切間が小突く。そう言うしかねえだろう。男は苦笑してから少し声を落とした。

「でもね、最近なぜか光が強くなってるんですよ。神様に何かあったんじゃないか、また悪さをするものが出始めてそれと戦ってるんじゃないか。心配でお呼びした次第なんですよ」

「この光が強くなったきっかけのようなものに心当たりはありますか？」

切間の問いに男が首を横に振る。

「では、その悪さをするものやそれがまた現れるきっかけは？」

「それもわかりません。すみませんねえ。でも、私が子どもの頃からずっと平和でしたし、もうそういう記録がないんですよ。悪いもののことは覚えてない方がいいって言うんで村の老人たちも教えてくれませんでしたしねえ」

呟く男の横顔が炎に包まれた。俺は声を上げて後退る。真っ赤なベールを幾重にも重ねたような火を纏った頭がわずかに傾いた。

「どうかしましたか？」

燃える火の芯にぽっかりと黒い穴が開き、言葉を紡ぎ出す。切間が眉間に皺を寄せて不審げに俺を見た。やっぱり、俺にしか見えていない。

「何かおかしなことがあったら教えていただきたいんですが」

燃え盛る紅炎を頭に灯した男は蠟燭のようだった。

二

山を下ると、水の音が聞こえた。茂みの隙間から細い川が流れているのが見える。

頭から突っ込んで目蓋に張りついた火の幻覚を洗い流したかった。太陽の光を反射する水面の輝きが炎の照り返しに見えて、俺は目を逸らした。

「また何か見えたのか」

切間が不機嫌そうに尋ねる。少し迷ったが、こいつは何を言おうが葬式みたいな面だ。気を遣う必要もない。

「さっきのおっさんの頭が……燃えて見えた」

「頭が、燃えて？」

「おう、蠟燭みたいに。あの森の火に向かって拝み出したあとからだ」

切間は黙って考え込むような仕草をした。

「こんなこと聞いても役に立たねえだろ」

「役立つかどうかは今後の俺たち次第だ。妄言かと思った証言が真実だったこともある」

「そういや刑事だったな」

案の定、切間は辛気臭い面で前に向き直り、道端の小石を蹴り飛ばした。

「足で稼ぐ商売は今でも変わらねえ。聞き込みに行くぞ。関係者に連絡を入れてある」

関係者がどんな奴でも構わないが、頭が燃えていないことを祈った。化け物みたいな神の調査をしている最中で、何に祈ればいいのかはわからないが。

向かった先は、ごく普通の田舎の民家だった。木の表札には日下部と書かれている。磨りガラスの引き戸の前に、乾き切ったアロエの鉢と錆びた自転車が置いてあり、ひどく陰気だった。切間は手の甲で数度強くノックした。借金取りのようだ。気弱な返事が聞こえ、中から痩せた大学生くらいの男が出てきた。長い前髪から覗く顔が白く、墓場の蠟燭を想像して、燃え上がる頭まで思い浮かべる。だが、幸い何も起こらず、男は軽く会釈しただけだった。

日下部は俺たちを玄関に通した。入った瞬間、病人の匂いがした。床がベタついて勧められたスリッパの底が張り付く。廊下の隅に綿埃のような抜け毛が落ちていて、長患いの病人がいるに違いないと思った。居間に入ると、匂いが強くなる。案の定、破けた襖の隙間から介護用のベッドが見えた。カーテンを開け放った窓からどろりとした陽射しが降り注ぐ真下に、干からびたような老人が寝ているんだろう。日下部は襖を閉じたが、し尿と薔薇の芳香剤の匂いが漏れ続けていた。

「日下部さんのお家は代々村のお祭りを取り仕切っていたとか」

切間は勧められた椅子に腰掛け、咳払いしてから切り出した。御多分に洩れず同席する俺に不思議そうな視線を送って、日下部は曖昧に頷いた。

「はい、そうなんです。うちの祖父の代で祭りもやらなくなっちゃったんですけど……」

「どのようなお祭りだったんですか？」

「何というか……祭りの日に村のみんなで松明とかで夜通し明かりを焚いて森から村の方まで行き来して昼間みたいに見せかけるんです」

「昼間みたいに、ですか」

「はい。そうすると、神様が昼間だと勘違いして夜でも降りてきてくれるっていうことになってたんです」

襖の向こうで金属を引っ掻くような音がした。老人が呻いたのだろう。日下部が気まずそうな顔をしたので、俺はわざと音を立てて前に置かれた麦茶の容器を引いた。

「あっ、すみません。気が利かなくて」

日下部は慌ててグラスを三つ並べ、麦茶を注ぐ。切間が机の下で俺の足を踏んだ。気が利かないのはこいつの方だ。切間は結露で汗をかいたようなグラスを摑んだ。

「それで……祭りの日というのはいつだったんですか」

「毎年変わって、決まった日とかがあるんじゃないんです。ただ、一番悪いものが出てくる日と聞いていました」

切間は怪訝そうに眉を顰めた。

「悪いもの？」

「はい。何でもこの村で太陽の神様を祀るようになったのは、嫌なものがたくさん出るって言い伝えがあったからなんですよ」

黄ばんだ襖の穴から痰の絡んだ声が漏れた。

「お爺ちゃん、今お客さん来てるから」

日下部が後ろに向き直って声を張り上げる。

「いま……」

「そう、今来てるの。ちょっと待ってて」

老人が湿った咳をした。

「すみません、ちょっと呆けちゃってて」

切間が片手を振って構わないと示す。

「嫌なものと言うと、具体的にどういった？」

「それが、わからないんですよ。よく心霊番組で言うような地縛霊とか動物霊みたいなものですかね」

日下部は細い顎に手をやって考え込む。本当にこいつは村の祭りを取り仕切るような家の息子だろうか。何も知らないにも程がある。

「記録か何かは残っていないんですか」

切間の問いに、「昔のアルバムなら」と、答えて日下部が席を立ち、隣の部屋の襖を開けた。

「い、ま……」

ベッドの上の老人が手を震わせる。影は逆光で濃くなり、黒く焦げた人形のようにも見えた。

「今じゃなくて居間か。リビングはお客さんが使ってるから、帰ったらね」

日下部は老人を窘め、ベッドを整えてから戻ってきた。手にはA4ノートほどの薄いアルバムがあった。写真屋で無料でもらえるようなやつだ。俺自身は家族と写真を撮った記憶はないが、知ってはいる。古い糊で張りついた頁を剝がして開くとセピアカラーの写真が数枚貼られていた。

「これだけか?」

思わず口にしてから切間を見ると、同意見だったらしく無言でアルバムを見下ろしていた。少ない上に画質も悪い。暗闇の中で強い光源を撮ったからか、白飛びして松明を持つ人間の指先と森の茂みの輪郭程度しか見えない。日下部の先祖は相当写真が下手くそだ。そう思ってから、不意に嫌な憶測が頭を過ぎる。日下部はこの村の神や祭りに無知すぎる。写真もろくなものが残っていない。

「わざと記録を残さねえようにしてんのか……?」

「あ、よくわかりますね」

日下部が呑気に手を打った。俺と切間は顔を見合わせる。

「実はお祭りをやらなくなってから写真とか手順とかほぼ処分されてるんですよ。お爺ちゃんが村のひとと燃やしたって言ってました」

「何故？」

「よくわかりませんけど、神様って信じれば救ってくれるっていうじゃないですか。悪霊とかも同じで、人間がいると思えば悪さをするから、思い出さないようにした方がいいってことらしいです」

　相変わらずぼやけた答えだ。

「そもそも、何で祭りをやめたんだ」

「必要なくなったらしいです」

　日下部はアルバムをバリバリとこじ開けて最後の頁を指差した。写真には細面で男か女かわからない人物が着物姿で立っていた。場所はこの家の前だ。

「祖父のきょうだいで、霊媒師みたいなことができたとかなんですが、このひとがやめていいって言ったらしいです」

「このひとは今？」

「それが、大昔に蒸発しちゃったらしくって……」

　日下部はバツが悪そうに俯いた。

「そいつも消されたんじゃねえか」

　切間に囁いてから脇腹か脛への衝撃を待ったが、奴は深刻な顔で黙っているだけだった。どついてもいいから否定しろよ、とも思う。

「まだ記録が残っていそうな場所に心当たりはありますか」

切間は長考の末に口を開いた。

「あとは……ちょうど森の方にあるお墓とかですかね。卒塔婆とか石碑にちょっとだけ何か書いてあったと思います。案内しますね」

日下部はスリッパを鳴らして、慌ただしく隣の部屋を開けた。

「お爺ちゃん、ちょっと出てくるから」

「いま……」

「わかったって」

窓から強烈な光が射し、俺は咄嗟に顔を上げる。日下部が寝かしつける老人の頭が橙色の炎を纏って燃えていた。椅子から飛び退きかけた俺を、老人が孫の肩越しに見る。炎の芯に空いた空洞が動いたが、声は掠れて聞き取れなかった。

サンダルを突っ掛けた日下部に伴われて家を出た。傾きかけた日はまだ凶暴な暑さを保っていて気が滅入る。あの火にずっと纏わりつかれているみたいだ。サイレンの音がした。

「近いな」

「夏はよくあるんですよ。高齢のひとが多いのも理由ですけど」

日下部は言葉を濁し、音の方向を眺めた。

「お祭りをやってた頃はもっと多かったらしいです」

「ひと死にが、ってことか？」

今度こそ脛に重い一撃が入って俺は切間を睨む。

「暴力刑事が」

「うちの家系でも夏に亡くなったひとが多かったみたいです。数年に一度は誰かが……それがなくなったのは、やっぱり悪霊がいなくなったからですかね」

日下部は眉尻を下げて苦笑した。森にある墓地へと続く坂道は徐々に急になった。どろりとした夕陽が俺たちの影を引き伸ばした。両端から不定形な影が道の中央に向かって垂れ込めていた。見ると、灯籠のようなライトが茂みに半ば埋もれながら林立している。

「これはお祭りのときに火を灯したものですね」

日下部は歩きながら指差した。明かりの灯らない灯籠から影が伸び、アスファルトを濡れたように黒く染める。木々のざわめきが騒がしい。俺が目を背けたとき、蛍のような光が前を過ぎった。何かが小さく爆ぜる音がした。蠢く影と、一粒の火の粉を見ながら、俺は日下部家の老人の声を思い出した。きっと、いま、は居間じゃなく今だ。本来あったはずの祭りの日は今日なんじゃないだろうか。

三

視界の隅でまた火花が爆ぜた。木々の隙間で歪な丸い物が蠢いている。表面は所々が焦げてひび割れ、乾いた土に似ていた。いつの間にか切間と日下部は少し先を歩いていた。俺は足を速めて追いつき、切間の耳元で囁いた。

「おい、もう帰ろうぜ。絶対にやばいもんがいる」

「俺たちの仕事はやばくて当たり前だ」

切間は素気無く答え、足を速めた。刑事のくせに勘の鈍い奴だ。やばいものを見るのと、やばいものが寄ってくるのとは違う。動物園で虎を見るのは安全でも、市街地で出くわしたらそうは言えない。坂道の先は少し開けて、木の代わりに、膝下程度の高さの石が乱立していた。

「これは……？」

切間の問いに、日下部が頷く。

「お墓のようなものですね。亡くなった方じゃなく失踪した方のものもあります。どこかで無縁仏になっていても可哀想ですし、一応供養ということで」

「これが墓石ですか……」

「ちゃんとした墓石は作っちゃいけない決まりなんです」

これ以上、日下部に聞いても仕方ない。俺と切間は近づいて確かめる。風雨に削られた石は白く、骨が直接地面に差してあるようで不気味だった。切間は目を細めた。

「名前がひとつも書いてないいな」

言われてみると、確かに石の表面には何の文字もない。

「古くなって削れたんじゃねえか」

「一番新しい物は少しくらい字が残っていてもいいはずだ」

切間は振り返って、日下部に尋ねた。

「日下部さんのお祖父様のごきょうだいのものは？」

「ええと……」

日下部の答えは相変わらずぼんやりしている。

「お名前がわかればこちらで探しますが」

「わからないんです」

「わからない？」

切間は俺に背を向けていたが、眉間の皺を深くしているのが想像できた。

「歳が離れていて覚えていないということですか」

「それもわからないです。兄なのか弟なのか、姉なのか妹なのかも」

「そんなことあるかよ……」

俺は呟いて、並ぶ墓石の後ろ側に回った。日下部の話では石碑があるらしいが、それらしきものは見当たらない。墓の向こうは草むらになっていた。鬱蒼とした草の中に、半分へし折れた石造りの灯籠のようなものがある。

「これ……」

俺の声に切間が振り向いた瞬間、辺りが電気を消したように暗くなった。どろりとした闇が垂れ込め、何も見えない。息が詰まるような静寂に火花が弾ける音だけが聞こえた。心臓が鼓膜に張り付いたように自分の脈が煩く響く。

「烏有！」

切間の声に俺は正気に戻った。暗闇に目が慣れてきて、奴が日に焼けた顔を青くして近寄ってくるのが見える。真夏のはずなのに、死人の肌のような冷気が首筋に触れて、俺は腕を擦った。

「日が沈んだ訳じゃねえよな……」

「流石にこんな急じゃねえよ。それに日下部はどこに行った」

切間は太い眉を顰める。刀身のようにするどい草葉と、朧げな石の欠片の輪郭もわかってきた。ここはさっきの墓場だ。

「だから、帰ろうって言ったんだ。ヤバかったじゃねえか。それともこれも当たり前か？」

切間は俯くだけで反論してこない。決まりが悪くなる。

闇の向こうから焦げるような匂いが流れてきた。俺は鼻を覆う。

「焦げ臭え。しかも、人間の髪が燃える匂いだ」

「何故知ってる？」

切間が怪訝そうに俺を見た。

「勘違いすんなよ。ひとの髪燃やした訳じゃねえぞ。俺自身もやられてねえけどな」

俺の仕事仲間がヘマをやってヤバい奴らに捕まったとき、ライターで前髪を炙られたときに嗅いだ匂いだ。俺は奴を助けられなかったが、俺がぶん殴られたときはそいつは逃げたしおあいこだ。思い出したくもない。切間は何も聞かず、俺の肩を軽く叩いた。

「何だよ」

「何でもねえよ。ここにいても始まらねえ。何か手がかりを探すぞ」

切間が踵を返したとき、大量の蝉が一斉に鳴き出したような音が炸裂した。音と共に強烈な赤い光が膨らみ、目が眩む。俺と切間は言葉を失って立ち尽くした。さっきまで墓石が並んでいた場所、俺たちの目と鼻の先に炎がひしめいていた。違う、いるのは大量の死装束の人間だ。人間と言っていいかわからない。地面に正座して合掌した奴らの首から上は、蠟燭の炎のように燃え盛っていた。俺が見た村人の様子と一緒だ。

「切間、あんたにも見えてるか……」

「ああ……」

夜闇を焦がし、赤く染め上げる炎の群れは、口の部分が空洞になり、そこから一心に念仏を唱えている。鼓膜から脳髄まで侵食するような響きに気が遠くなりかけたとき、切間が俺の腕を掴んだ。硬い感触に意識が現実に引き戻される。切間は蝶の鱗粉のように舞う火の粉の向こうを指した。ごう、と強風のような音が響いた。草むらの先から、地上に落ちた太陽のような輝きが近づいてくる。それは、煌々と赤い炎に全身を包まれた巨大な人間のように見えた。前の村で見たのと同じ、理解不能で太刀打ちできない存在だと一目でわかる姿。あれがこの村の神だ。炎の神が足を止めた。目もないのに俺たちを見たと直感した。

「退くぞ」

俺が答える前に、切間は俺の腕を強く引いて下り坂を駆け出した。足元がぐらつく。錯覚じゃなく、地面が動物の内臓を敷き詰めたように不気味に柔らかかった。左右の木々から雨のように火の粉が降っている。木の上からくぐもった呻きが聞こえた。見なきゃいいのについ見てしまう。枝の間から突き出した無数の手足が炎に包まれて蠢いていた。最悪だ。切間が急に足を止め、俺の手を離した。見開いた目は坂を下り切った先を凝視していた。道を塞ぐように巨大な墓石に似た石碑が聳え立っている。中央には字が彫り貫いてあった。

「火中の神……？」

それがあの炎の巨人の名前か。切間は息を整えながら石碑の裏に回り込み、更に顔を青くした。

「何があったんだよ」

俺も切間を追って裏側に回り込み、息を呑んだ。石碑の裏には夥しい数の名前が彫ってある。読み方のわからないものから平凡な名前まである中のひとつに目が留まった。

「日下部……」

ひとつだけじゃない。目を凝らすと、日下部という名字が大量にある。あの家系が祭りを取り仕切る役を務めていたのと関係があるのか？　爪で掻いたような無数の文字と蠟燭頭の死装束の群れが重なる。

「そうか……」

切間が口元を押さえて言った。

「ここの神は仕方なく神様として祀るしかない悪霊みたいなものを燃やしてくれるって言ってたよな」

「ああ」

「悪いものの存在を忘れていれば問題ないから記録を残さなかったとも言ってた」

「それが何だよ」

切間の額を汗が伝う。

「たぶん、火中の神は悪霊だけじゃなく、それを燃やす自分の存在を知っている者ごと消してるんだ。失踪や不審死は恐らく神に消されたんだろう。そういう類の神を知ってる」

「マジかよ……」

俺は石碑の文字を睨む。

「じゃあ、あの死装束の奴らは？」

「日下部の話からの推理だが、祭りの度に村の誰かが火中の神の神子の役目を引き継いでるんだ。悪霊たちと神の存在を知る者全ての穢れを請け負って、悪いものを纏めて焼いてもらうために祈り続ける。日下部の親戚が最後に役目を請け負った……」

「でも、祭りは不要っってたよな？　じゃあ、何で今更」

「……俺たちが調べに来たせいかも知れない」

「何？」

「神の存在を忘れていれば問題なかったのに俺たちがほじくり返した。だから存在を知る者を焼くために出てきたんだ」

ごう、と炎が燃え盛る音がした。振り向かなくても地面の強烈な照り返しでわかる。火中の神が真後ろにいる。切間は俺の肩を摑んだ。

「お前は逃げろ。責任は俺にある」

「何する気だよ」

「神を知ってる者がいなきゃいいんだ。俺はやらかしたことの責任を取る。お前は忘れたふりをしろ。詐欺師ならできるだろ」

そういうと、切間は踵を返した。俺が振り返れずにいる間に、切間の足音が遠ざかり、炎の音が強くなる。冗談じゃねえ。だが、何をすればいい。切間の言葉を思い出す。詐欺師にできることは何だ？　足元に木の枝が落ちている。俺はそれを拾い、シャツを脱いで巻きつけた。ライターを取り出し、何度も擦る。手が震えて上手くつかない。火の粉が飛び、やっと火がついた。俺は松明じみた木の枝を持ったまま、坂道を見上げた。切間と神の姿が遠い。俺は駆け出した。掌の皮膚がじりじりとひりつく。俺は走りなが

ら坂の両端の灯籠に燃える枝を突っ込んでいった。蠟燭もないのに火は次々と灯る。赤
に包まれる坂の上に切間が背を向けて立っていた。その先に燃え盛る巨体の神がいる。
俺は松明を高々と掲げた。何も知らずに祭りに参加しに来た馬鹿な都会人のように。神
の炎の芯に目のような穴がふたつ開き、ゆっくりと細くなった。切間が振り返った瞬間、
闇が消えた。
気がつくと、夕暮れの坂道にいた。足元には小さな墓石が散らばっている。草むらの
先の石碑も薄ぼけた輪郭で赤い陽光を反射している。炎の気配は微塵もない。切間を見
ると、俺と同じように困惑しているのがわかった。
「そろそろ終わりましたか？」
日下部が相変わらずぼんやりとした声で聞いた。何事もなかったかのような日暮れだ
った。俺と切間は曖昧に頷いた。日下部と別れて、車を停めた山道の方へ向かう。前を
歩く切間が独り言のように言った。
「さっき、何した？」
俺は足元の砂利を蹴りながら答える。
「火を焚いて、松明つけて、祭りの日みたいに見せかけたんだよ。俺たちが調べに来た
のが悪いなら、調査じゃなく祭りに来ただけってことにすりゃあいい。何も知らずに楽
しんで帰りましたってことにな」

切間は信じられないという顔をして溜息をついた。

「詐欺師だな」

俺は肩を竦めた。静かな虫の声が木々の間から染み出していた。シャツを焼いたせいでタンクトップから剝き出しの腕を冷気が刺した。切間は背を向けたまま言った。

「悪かった。お前の忠告を聞くべきだった」

俺は言葉に詰まり、また足元の砂利を蹴った。

「謝るのが刑事の仕事かよ。それよりしっかり自分の仕事をしてくれ」

「ああ、住人には適当に誤魔化しておく。光が増したのは正しく信仰が守られている証だからとかな。対策本部には……全貌を伝えて調査の終了と記録の破棄を申請する。受理されるかわからないがな」

切間はそう言って足を速めた。誰かに真剣に謝られたのは何年振りだろう。梢の間から赤光が差して一瞬身構えたが、ただの夕日だった。

本当に俺は神を騙せたんだろうか。いいや、わかっていて騙されてくれたのかもしれない。人間は信じたい嘘を信じる。神だって同じだ。忘れられるのが本懐の神だろうが、内心信じられたいんだ。見せかけの祭りに嬉しそうに目を細めた神の姿が浮かぶ。守り神の恐ろしい実態も、皆どこかで気づいているのに知らないふりをしている。

「火中の神か……」

日下部の親戚たちはずっとあそこにいるんだろう。村を守るために、自分を犠牲にして嘘をつき続ける。信じられない話だ。嘘ってものはもっと身勝手で、自分のために使うものだと思う。少なくとも俺はそうだ。

すずなりの神

RYOU-KAI-SHIN-PAN

There are incomprehensible
gods in this world who cannot be called
good or evil.

序

鈴の音が聞こえた？

よかったですねえ。これはとってもいいことなんですよ。学生さん、ここに来るのは初めてですか？　ご旅行？　ああ、大学のゼミで。何をしてらっしゃるの？　民俗学！　じゃあ、フィールドワークっていうんですよね。それならこの土地はぴったりですよお。ここに来るとき、大きな橋があったでしょう。赤くて綺麗な竜宮城みたいなもの。あれは江戸時代からあって、それだけで歴史的な価値のあるものなんですけれど、文化財とかではないんですよ。大昔から今まで何度も改修しているから。昔はもっと質素な橋だったんですけど、だんだん増築してあんなに豪華になったんです。昔のまま残しておけば世界遺産になったかもしれませんけれど、それよりもっと大事なことがありますから。そう、川の下から見てるひとがずっと楽しめるようにとびきり綺麗なものにしようってね。渡るひとじゃなくて下にいるひとがね。

学生さんなら専門でご存知でしょうか。人柱ってわかります？　ああ、そんな顔しないで。怖いものじゃないんです。いいお話だから。あの川も今じゃ穏やかですけれど、昔はもっと流れが激しくて、嵐が来るたび何度も橋や堤防が壊れて村が大変なことになったんです。特に、あの大きな橋がある辺りは堤の角になってるから何度橋をかけても壊れてしまって。これは川の神様のお怒りなんじゃないかって話し合った末に、人柱を立ててはどうかってことになったんです。どなたかを人柱にして、神様に村を守ってくださいってお祈りを届けていただこうってね。今の感覚じゃ怖いことですけれど、昔は名誉なことだったんです。誰がその大役を果たそうかってことになったとき、村の外れに住んでいる貧しい一家の娘に白羽の矢が立ちました。その家は余所から流れ着いた一家で、各地を旅して疫病や何かがあったとき祈禱して回る拝み屋のようなものだったんです。父親の病気で旅ができなくなって、たまたま辿り着いたこの村に住み着いて、当時の地主の息子さんが何かとお世話をしていたらしいんです。

　そのご恩もあってか、娘さんは「私たちのような流れ者を温かく迎えてくださったこの村のお役に立てるなら」と快く引き受けてくださったそうです。村のひとたちはすぐに橋脚の石室に穴を掘って、祠を作って、中に娘さんを埋めました。しきたりで人柱の手足を縛らなきゃいけないんですけれど、娘さんは「縛ったままでいいから、両親が祈禱に使っていた鈴を持たせてほしい」と言いました。「生きている間、鈴を鳴らし続けて祈るからその音が途絶えたら、私が神様の許に向かった印だと思って、それから橋をかけてほしい」ってね。最期まで心の綺麗な娘さんでしたんでしょう。

　それから、七日七晩村に鈴の音が鳴り響きました。ついに音が途絶えた八日目の夜、いくら名誉なこととはいえ、娘さんの両親は我が子が亡くなったのが哀しかったんでしょう。夫婦で娘さんの後を追うように川へ飛び込んで行方知れずになったそうです。村のひとたちは三人を厚く弔ってから橋をかけました。それから堤防も橋も壊れることなく、川は信じられないほど穏やかになりました。ありがたいことですよ。

しばらく経って、村で鈴の音を聞いたというひとが出るようになりました。最初は怖がりましたが、それから嵐も起こらないので、まだ娘さんが祈ってくれているんだと思うようになりました。地主の息子さんが亡くなるとき、三人に感謝を伝えるために娘さんを神様としておまつりして、橋と川を綺麗にするようにと遺言を残したそうです。地主さんのお家がなくなった今でも、その言い伝えだけは残っているんですよ。どうしたんですか、学生さん。怖い顔をして。鈴の音が不気味じゃないのかって？　そんなことありませんよ。ありがたいものですから。自分が生贄になっても村を恨まないのかって？　そうですね。そう思わないから、神様なんですよ。

一

俺が対策本部の扉に手をかけると、中から怒鳴り声が聞こえた。

「あまりに危険すぎる」

腹の底からドスを利かせた声は切間のものだった。嫌なところに出くわしちまった。

扉の隙間から盗み見ると、腕を組んで仁王立ちする切間に対し、凌子と、見たことのないスーツ姿の連中が向き合っていた。凌子が首を振り、静かな声で答える。

「危険は承知でしょう、切間くん」

「我々の危険なら幾らでも承知してますよ。だが、これは民間人への危険にも繫がりかねない」

後ろ姿で初老とわかる白髪交じりの男が答えた。

「対策本部の本懐は領怪神犯から人民を守ることだ。神の記録を記すだけならば我々は要らない。大を生かして小を殺すことも必要だろう」

何を言ってるのかわからないが、揉めてることだけは確かだ。関わらないのが一番いい。俺は気づかれる前にドアノブを手放した。扉が閉まる寸前、切間の声が聞こえた。

「火中の神を収容したら、村人たちはどうなるんです！」

廊下は対策本部の騒がしさと嫌な空気とは別世界のように静かだった。

「何の話してんだよ……」

興味を持ちそうになる自分に嫌になる。関係ねえ話だ。上の奴らの考えなんか俺にはわからねえんだ。俺はとっとと役目を終えて、化け物退治から解放されることだけ考えてれば良い。自分に言い聞かせて煙草でも吸いに行くかと踵を返したとき、真後ろに少女がいて、俺は思わずギャッと叫んだ。

「何だよ、ジャリの遊び場じゃねえぞ。どっから入った」

バクバクいう心臓を押さえて見ると、少女は呆れ気味に俺を見た。少女は凹んだ紙パックのオレンジジュース片手に言った。

「お母さんと来たんです。ちょっと待ってててって言われて……」

「お袋と？　誰の子だよ、名前は？」

「宮木礼です」

髪をひとつに縛った少女は大きな目を瞬かせてお辞儀した。五、六歳くらいだが既に俺より賢そうだ。

「宮木なんて奴いねえぞ」

言いかけてから思い出す。凌子の名字は「み」で始まると言っていた。

「凌子さんの子か？」

宮木礼は困ったような顔をした。子どもの相手は苦手だ。俺はジーンズのポケットに手を突っ込んで小銭を探る。

「何か知らねえけどしばらくかかりそうだぜ。ジュースでも飲んでな」

「お昼ご飯の前だからあんまり飲んじゃいけないんです」

俺は少女の手に百円玉を握らせ、さっさと逃げ出した。

屋上の喫煙所で煙草をふかすと、紫煙が夏雲に溶けていった。真下のビル街からゴミ回収車の苛つくほど明るい音楽が聞こえる。神をどうこうしようと揉めてる奴がいるなんて全く知らない呑気な街だ。非常階段に通じるドアが開き、呑気さの欠片もない切間が現れた。

「烏有、ここにいたのか。今日はもう終わりだ。明日朝イチで仕事に行くぞ」

切間は日焼けしきった顔で眉間に皺を寄せた。

「今度は何処だよ」

「またクソみたいな神の村だ。いつものことだろ」

明らかに苛ついている。俺はそれ以上聞かないことにした。触らぬ神に祟りなし。これから神を突き回しに行くんだが。煙草を箱から抜き出す切間の横顔は、さっき見た何かに似ている気がした。

夜明け前に新幹線に乗せられて駅に着くと、今度は何度もバスを乗り継がされた。走ってるのが不思議なくらい古いバスの車内は道端の砂利ひとつでガタガタいう。温い日差しが病人の鼻水みたいな黄色で窓を染めていた。切間は忙しなく資料を捲っていた。

「何か昨日揉めてたよな」

黒手袋の左手が止まった。怒声か無言が返るだけかと思ったが、奴は資料を閉じて重い息を吐いた。

「火中の神の有効活用についての施策案、だと」

「何だって？　あの訳のわかんねえもんを？」

「普通はそう思うよな」

切間の眉間の皺が少し薄くなった。

「上の連中は領怪神犯を社会に活かす術がないかと模索してるらしい。悪霊の存在を、自身を知る者ごと消すことで村を守る神だ。上手く使えばより厄介な神を無効化出来ないかと思ってるんだろ」

「正気かよ。モノホン見てねえから出る発想だな」

「実際に神を見た連中ですらそうだ。始末に負えない」

「そういや凌子さんも賛成派みてえだよな。あんな小さい娘もいるのに……」

「娘？」

「昨日見たぜ。対策本部の前で待ってた」

「子持ちとは聞いてなかったな」

切間は首を捻った。バスは山道に入った。車内は他に乗客はおらずエンジン音しか聞こえない。

「なあ、あんたは結婚してんの」

「急に何だ」

切間は再び資料のファイルを広げた。

「……してる」

「マジかよ」

こんな仏頂面の旦那がいたら家にいても刑務所に思えそうだ。奇矯な女がいたもんだ。

「入婿だけどな」

予想しなかった言葉に俺は可笑しくなる。

「じゃあ、家だと嫁さんに尻に敷かれてんだ？」

ファイルの角が俺のこめかみを小突いた。暴力刑事の結婚生活は想像できない。バスの窓の外を永遠にも思えるような木々の幹の連なりが流れていった。

辿り着いたのは、予想に反して観光地じみた小さな村だった。バスを降りて、硬い座席と振動で錆びた機械のようになった身体を伸ばすと、川の匂いがした。泥と草をたくさん含んだ水が陽光に熱された、田舎の夏の原風景みたいな匂いだ。商店とまばらな民家の向こうに、赤い橋が見える。絵本で見た竜宮城に似た豪華な橋だった。

「今までの中で一番まともそうな村だ」

「だと、いいんだがな」

切間は陰鬱に首を振った。ちりん、と鈴の音が聞こえた。何処かで風鈴でも吊るしているんだろう。近くで見ると橋はやたらとデカい。切間は橋の手前で足を止めた。視線の先には、古びた木製の立て看板がある。滲んだ筆の文字はよく見えないが、橋の名前が書いてあるらしい。風鈴の音がより近くに聞こえた。

「すずなり橋……」

「気になりますか？」

急に声をかけられてギョッとすると、切間の腰丈くらいしかない小さな老婆が立っていた。

「観光の方？」

醤油か何かの染みで汚れたエプロンには「おもかげ屋」と書いてある。飯屋か土産物屋でもやってるんだろう。切間は表情を和らげて老婆に向き直った。

「はい、弟の……大学のフィールドワークも兼ねて。民俗学専攻なんです」

「まあ、この方が？」

老婆はひとは見かけによらないと感心しているように見えた。正直なのはいいが、切間は嘘が下手すぎる。

「じゃあ、よく見ていってくださいな。何せ江戸時代から由緒のある橋ですからねえ」

切間は早速作り笑いを忘れて真顔で切り出した。

「この橋には人柱伝説があるそうですが」

老婆は少し驚いてから、すぐに笑みを浮かべた。

「皆さんが思うような怖い話じゃないんですよ。あれはひととひととの輪というか、思いやりの連鎖って言うんですかね」

人柱の禍々しさとは結びつかない言葉に俺と切間は首を傾げる。

「この橋の下にいる娘さんはね、元は余所から来た旅人でとても貧しかったのを、地主の息子さんが見かねてご両親も一緒に世話してあげたんだそうです」

俺は少し背伸びして、切間の耳元で言う。

「愛人にしたかったんじゃねえか」

ふくらはぎに一発蹴りを食らったせいでひっくり返りそうになった。老婆が「仲がよろしいのね」と笑う。呆けてもそうは思わねえだろうに。切間は咳払いして続けた。

「その娘が人柱に？」

「はい、お世話になった村に恩返しをしたいとね。地主の息子さんは悲しみましたが、娘さんの意志の固さに折れて、人柱の準備を一通り行ったそうです。そして、娘さんはご両親がくれたっていう鈴を持って自らこの橋脚の石室に入ったんですよ」

老婆は耳に手をやって何かを聞くような仕草をする。

「今でも娘さんは鈴を鳴らしてるんです。水害から村を守ってくれている証にね」

「それで鈴鳴りですか」

「ええ、観光の方でも偶に聞こえたという方がいます。きっとその方にはご利益がありますね」

俺はペンキで赤々と塗られた橋を眺めた。

「昔からあるにしては随分新しいよな」

「何度も改修していますから。最初は小さな橋だったのがどんどん豪華になってね。それも全部代々地主さんの子孫がやったんですよ」

「へえ……」

橋の根元は硬い石で固められていた。豪華な橋には不釣り合いなほど武骨で堅牢な支えだった。橋の向こうから制服姿の女子高生が歩いてくるのが見える。そのとき、鼓膜が爆発するような激しい鈴の音が聞こえた。台風の日にしまい忘れた風鈴が風に暴れているような音だ。切間と老婆は平然と会話している。話の内容が聞こえないほどの音量なのに。

「また俺だけかよ……」

耳を塞ごうと聞こえる音に頭を振ったとき気づいた。俺だけじゃない。橋の中ほどにいる女子高生も同じように耳を塞いで蹲っている。そいつが一瞬顔を上げ、俺と目が合った。女子高生は俺を睨みつけると、立ち上がって一気に橋を駆け抜けた。俺の脇をすり抜けるとき、そいつは俺に呟いた。鈴の音の中でもよく聞こえた。

「あんたも?」と。

二

長閑な川沿いの空気が一変した。今までで一番マシな村だなんて勘違いだ。この村もイカれてやがる。人柱の娘がひとりなら何でこんなに大量の鈴の音がするんだ。それに、尋常じゃないこの音はどう考えてもいいものとは思えない。

「どうかしましたか?」

老婆はにやにやと俺を見上げている。エプロンの染みと同じ黄ばんだ歯が覗いていた。

「いや、急に耳鳴りが……」

「鈴の音ですか！」

老婆は柏手のように手を打った。

「よかったですねえ。本当はここのひとじゃないと中々聞けないんですよお」

婆さんは薄く目を閉じて、耳を傾ける仕草をした。俺は曖昧に笑って老婆から距離を取った。切間が俺のシャツの背を猫の子みたいに掴んだ。

「何か聞こえたのか」

相変わらず尋問みたいな口調だが、視線には少しだけ気遣いが交じっていた。

「鈴の音だった。あんたもか？」

「……何処かの家の風鈴だと思ったが」

「そんなもんじゃねえよ。何十個も一斉に鳴ってるみたいだった」

「すずなり……か」

切間は古い立て看板を見上げた。

「鈴生りっていうのは、巫女が神楽舞に使う鈴のように、大勢が一箇所に集まってることを言うんだ」

俺はへえ、と応えてそれ以上何も言わなかった。また最悪なことになる予感がした。

「人柱を埋めたところを見たい、ですか……」

切間の申し出に、老婆は頻に手をやって考え込んだ。

「ちょっと雁金さんの許可を取らないとねえ」

「雁金とは？」

「あの橋を架けた地主さんのお家ですよ。今でも一応雁金さんの私有財産ってことになってますから」

俺は渋る老婆と切間の間に割って入り、馬鹿な大学生らしい顔を繕った。

「何かあ、うちの先生が学会のすごい偉いひとで、この村のこと隅々まで調べてこいって言うんですよ。それで一冊本書いて、観光事業とかと併せて色々展開したいって」

「あらまあ！」

婆さんの目の色が変わる。郷土愛は強いが、実際大した土地でもない田舎の連中はいいカモだ。

「じゃあ、石室だけでも案内しましょうか。そこは見せていいことになってますから」

老婆はそそくさとエプロンを脱ぎだす。切間が嫌そうに俺を見た。手伝ってやったのに。婆さんが支度をする間、橋を眺めていると若い夫婦が横切った。一度足を止め、耳に手を当てる。土産物屋で蒸籠から湯気を上げる饅頭を蒸していた店主も同じ仕草をしていた。不気味な村だ。誰もが皆、聞こえて当然のように鈴の音を聞き、いいものだと思い込んでいる。老婆に案内されながら、俺たちは土手を降りた。土と草の匂いが強くなり、ジーンズの脛を夏草が突く。川の水面は死んだ魚の腹のようにギラついていた。よたよた歩く老婆の後ろで切間が言う。

「烏有」

「兄弟の振りする気あんのかよ」

「……定人」

「下の名前がすぐ出てくんの気色悪いな」

「刑事は記憶力が肝だからな」

俺は足に絡みつく草を蹴った。

「あんたの下の名前何だっけ」

「必要ねえだろ」

「兄貴なんて呼ばねえぞ」

「……蓮二郎だ」

確かに対策本部にあった資料で見た名前だ。でも、資料の奴は切間って名字だったか。

「こちらですよお」

思考は老婆の声に断ち切られた。生い茂った草が隠す橋の根元に石が積み上げられていた。岩屋の形に積んだ石と、木の板が組み合わさり、簡単な祠のようになっている。覗き込むと、祠に床はなく寒気がするような孔が広がっていた。まるで罠だ。

「捨身行に使う石室のようですね。即神仏を目指す僧侶が籠って読経をする……」

切間の声に老婆が答える。

「そうですねえ、修行に近いかもしれません。身を捨てて神様と村のために仕える有難い行為ですから」

切間が「失礼」と断って、ペンライトで穴の中を照らした。俺は息を吞む。暑さによる汗が冷や汗に変わった。切間の呻く声も聞こえた。石室は中が急な傾斜になっており、奥底まで見渡せた。壁一面に夥しい傷と赤茶けた線が広がっている。血塗れの手で引っ掻いたみたいな痕だ。石室の底に草と落ち葉と何か黒い液体が澱んでいる。そこに桜貝に似た薄い欠片が浮かんでいた。人間の爪、直感でそう思った。また、鈴の音がした。


橋の根元を後にした俺たちは、意気消沈して土手を上がった。とんでもないものを見せられた。切間が俺に囁く。

「見たよな?」

「おう……」

「あの石室は大きすぎる。二人、いや、詰めれば四人は入れるぞ。捨身行は集団でやるものじゃねえ」

俺は切間を見返した。そこまで気づかなかった。

「でも、本当に修行に使った訳じゃねえんだし」

「まあな。それより不自然なのはあの傾斜だ。中の奴が登ろうとしても出てこられないようになってる。望んで入った奴にそんな仕掛けが必要か?」

人間を突き落とし、石と木の板で蓋をする。中の奴が出ようと爪でガリガリ引っ掻く音が夜通し響き、川の流れと鈴の音がそれを掻き消す。俺は嫌な想像を振り払った。前を歩く老婆が足を止めた。

「あら、雁金さん家の」

橋の前に女子高生が立っていた。俺は目を見開く。橋の上で耳を塞いでいた女だ。

「登校日？　ちょうどよかったわ。お家のひとはいる？　東京の学生さんが橋について詳しく調べたいって……」

朗らかに言う老婆に、女子高生は小馬鹿にしたように唇を曲げた。

「学生？」

奴は俺と切間を眺める。どう足掻いてもそうは見えないだろうな。一蹴されると思ったが、女子高生は鼻で笑うと俺たちに近づいた。

「いいよ、その代わり何か奢って」

俺たちは顔を見合わせる。切間が溜息をついた。

「わかった。経費で落ちる」

「でも、あいつすげえクソガキじゃん……」

「お前が言えるか？」

俺は舌打ちした。俺たちは橋のすぐ近くの喫茶店に入った。和風の店構えにはドアがなく、鈴を描いた藍色の暖簾が揺れている。俺たちは女子高生に促されて、奥の背もたれのない座席に座った。

「かき氷、ブルーハワイで。ソフトクリームトッピング」

　奴はメニューも見ずに店員に言った。切間がアイスコーヒーふたつと付け足す。店員が去ったのを確かめてから、女子高生は足を組んだ。行儀の悪いガキだ。

「学生って嘘でしょ」

　切間は表情を変えない。

「じゃあ、何に見える」

「刑事と……無職？」

「正解」

　俺が答えると、切間にメニュー表で引っ叩かれた。女子高生は笑って表情を和らげた。

コーヒーふたつとかき氷を載せた盆が運ばれてくる。

「雁金ってことはここの地主だよな？」

「そう。地主とかもうないけど、田舎ってそういう上下関係とかうるさいから」

　雁金はソフトクリームをスプーンで崩して、青い氷の海に捩じ込む。嫌な食い方だと思った。

「刑事さんが何しに来たの。何百年も前の殺人罪の調査？」

「殺人？」

「そっちのひとは気づいてそうだけど」

　雁金は俺をスプーンの先で指した。俺は手で撥ね除ける。

「指すんじゃねえよ」

「お前もやるだろうが」

切間は余計なことしか言わない。雁金はまた笑った。

「無職のひと、あの橋で青白い顔してたでしょ」

「やっぱりあのとき気づいてたのか。お前もだよな」

「聞こえちゃうんだ。あんた霊感あるの？」

俺は目を逸らした。雁金はアイスとブルーハワイが混じった氷を啜る。

「私はないんだけど、地主の家の人間だから」

切間がストローを使わずコーヒーを呷った。

「家と関係が？　橋を架けたこととか？」

「まあ、そうだね。あの伝説変だって思わなかった？」

切間が迷っている間に俺は答える。

「望んで人柱になったって嘘だよな。村で一番貧しい奴なんて無理矢理選ばれたに決まってる」

「そう、でも、娘が選ばれたのは貧しいからだけじゃない。地主の息子の愛人になるのを断ったから」

「そんなことだろうと思ったよ」

雁金は口角を吊り上げて、椅子にふんぞり返った。

「娘は救いを求めて鈴を鳴らし続けてた。それを聞いて助けようとした両親は、村人に見つかって川に沈められた。それが本当の話」

「じゃあ、何でわざわざ橋を改修したりすんだよ。伝説の信憑性のためか？」

雁金は表情を消した。元の小綺麗な顔立ちが目立って妙に怖く見える。

「鈴の音は何週間も何ヶ月も聞こえた。とっくに娘が死んだはずなのに。村の皆は怖気づいた。ひと殺しの癖に馬鹿な奴ら。橋を石で固めてもまだ聞こえる。より堅牢に、より豪華に、何度も橋を強化してやっと鈴の音が聞こえなくなった。事実が捻じ曲げられて、嘘くさい伝説に変わった今もその風習が続いてるの」

切間が絶句する。思ってたより最悪の村だった。雁金は口を拭って息をついた。

「最近、また鈴の音が強くなったの。どう思う？」

覗いた舌は青くて化け物のようだった。

三

店を出ると、空は夕陽で染まっていた。石室にあった無数の傷の色を思い出して最悪な気分になる。雁金は紺の鞄を背負いながら言った。

「これからどうするの？」

切間が苦々しく答える。

「調査を続ける」

「そう……じゃあ、橋の向こう側に行ってみたら」

「向こうに何が？」

雁金は首を振って答えなかった。俺は思わず口走った。

「なあ、何とかしてくれって言わねえの」

切間と雁金が同時に怪訝な目を向けた。

「鈴の音に悩まされてんだろ」

あの橋で蹲っていた雁金の姿は、まるで自分を見ているようだった。存在しないはずのものに苛まれる理不尽さはよくわかる。

「別にいいよ。私らの先祖がやったこと、祟られて当然だし」

「でも、お前がやった訳じゃねえだろ」

雁金は少し面食らったような顔をしてから鼻で笑った。

「無職なのに優しいんだ。頑張ってね」

奴は言い残し、橋を大きく迂回して去った。

「無職は関係ねえだろ……」

くっと喉を鳴らす音がして、切間のなめし革みたいに真っ黒な顔に笑窪が浮かんでいた。こいつ、笑うのか。

「何だよ」

「やっと対策本部員らしくなったな」

切間は俺の背中をぶっ叩いた。トラックに追突されたような衝撃だった。

俺たちは夜更けに河川敷に戻った。川は黒い大蛇のように静かに波打っている。赤い橋は通行人が途絶えた夜も煌々と照らされ、地獄の門を想像させた。橋を渡るのは嫌だったが、他に道もない。前時代の風景を残す村に不似合いなほど強固な橋は、一歩進むたび硬い感触が足の裏を押し返した。

「これからどうすんだよ」

俺は鈴の音を掻き消すためにデカい声を出す。

「うるせえよ。気づかれたらどうする」

橋を渡り切って、切間はペンライトを取り出しながら答えた。

「神は信仰が作るもんだ。おためごかしだろうが、あの伝説で人柱の娘は神と同一視された。それでこの地に縛られてるんだろ」

「じゃあ、娘を解放するってのか？　どうやって？」

切間は口を噤んだ。橋の向こうはデカい土手になっていた。土壁は闇と溶け合って境も曖昧だ。虫の声に交じって、しゃんと鈴の音が響いた。

「手っ取り早いのは事実を全部ぶちまけることだろ。娘は望んで神様のところに行ったんじゃねえってさ。そうしたら、神格化もされないし、娘だって少しは浮かばれるんじゃねえか」

「無駄だな。人間は信じたいことしか信じない。自分の村の悪事を暴かれてハイそうですかって信仰を捨てると思うか？」

「だよな……」

実際、村人の何割かは伝説のおかしさに気づいてるはずだ。わざとらしいほどの信心は後ろめたさから目を背けるためだろう。切間はライトを振った。

「しかし、雁金は何を見せたかったんだ？」

光の帯に照らされた土手一面に無数の穴があった。蜂の巣、いや、駅のロッカーみたいだ。石で固めた真四角の穴が土壁に等間隔で穿たれている。穴は奥行きがあり、一層濃い闇が黒い水を湛えているかのように見えた。

「何だこれ……」

「横穴墓だな」

切間は啞然と壁を見上げつつ答えた。

「古墳時代の墓の形式だ。岩盤を刳り抜いて、死者を埋葬する玄室とそこから出し入れするための羨道を造る」

「こんなに大量に造んのか？」

「ああ、基本は墓群だ。ひとつの穴を何度も使うこともある……だが、この地域にあるのは知らなかったな」

穴のひとつに近づくと、毛髪に似た何かが飛び出し、鼻先をくすぐった。俺の叫びに切間が振り返る。

「どうした！」

光で照らされると、乾いた女の髪に見えたものは藁を編んだ筵のようなものだと気づいた。

「何でこんなもんがあるんだよ……」

切間が呆れた息を漏らした。

「セブリって言って、昔は各地を渡り歩いて仕事をする非定住民たちがこういう穴に寝泊まりしたんだ。二十年くらい前まではよくある話だった」

鈴が鼓膜に張りついたようにじりりと鳴った。昼より涼しいのに汗が止まらない。何故泊まった奴は貴重な寝具を置いてったんだ。

「それ……」

俺は切間が手にした筵を指す。藁がぱらぱらと降り、藁より脂ぎったものも落ちる。引き毟られたような毛髪だった。切間が落とした筵が砂利道に広がる。中心に穴が開き、血の染みが広がっていた。鈴が鳴る。一斉に。助けを求めてる憐れな娘なんてもんじゃない。命乞いをする奴を嘲笑うような最悪な音だった。穴のひとつから、狭い通路の壁に身体を打ち付けながら無理に通るような、ずりっという音がした。切間が音の方にライトを向け、すぐ下方に向ける。下の穴の方からも音がした。ずりっ、ずりっ、じりん、じりん。這いずる音と鈴の音が反響し合う。

「どうなってる……」

切間がライトを左手に持ち替え、右手を懐に入れたときだった。楕円に切り取られた光の中に、顔が浮かんだ。俺のすぐそばの石室から顔が覗いている。浮腫んで鬱血した、若い女の顔だった。

「お父さん、お母さん……」

腫れた唇がそう動く。女が嗚咽しながら舌を出した。舌の先に、黒く錆びた鈴が載っている。じりん。女が凄絶な笑みを浮かべた。女の首が伸び、熟れた果実が落ちるように俺の膝を掠めた。石室の奥から次々と円形のものが溢れた。無数の乾涸びた人間の頭だ。顔は全部笑っていて、嘲るように突き出した舌には鈴が載っていた。鈴生り。じりりり。落ちた女の首が俺を見上げた。

「烏有！」

切間が俺の肩を引く。鈴の音を掻き消す破裂音が響いた。切間が構えた銃から薬莢が落ち、女の額に丸穴が開いていた。石室から枯葉と泥が溢れ、長く伸びた爪が土壁を摑む。爪には紐で鈴が括られていた。

「退くぞ！」

切間は俺の腕を摑んで走り出した。土手の土が崩れ、崩落する音が響く。じりじりと鈴が鳴る。俺と切間は振り返らずに橋の方へ走った。

「どうなってんだよ……！」

顔の真横でじりんと音が響いた。俺と切間は転がって避ける。長い爪が宙を掻き、赤い橋の支柱が削れて破片が飛んだ。

「いいから立て!」

切間に急かされて俺は立ち上がる。最悪だ。ミイラの腕のような長い影がずるりと伸び、鈴の音が鳴る。奴は橋の支柱に絡みつこうとしている。橋の上には上がれないのか。

俺と切間は一目散に橋の中央まで駆けた。

「何だよあの神は!」

切間が肩で息をしながら答えた。

「くそ、悪い。俺の見当違いだ……」

「何?」

「ここの神は殺された娘じゃねえ。とんでもない悪神だ」

橋がガッガッと震動し、水音に交じって鈴の音が聞こえる。

「最初からここの神は川を荒らして、やめてほしけりゃ生贄を寄越せつってたんだろ」

「マジかよ……」

「あの横穴墓も生贄を入れた所だろうな。近代になってからは非定住民に貸す振りをして食わせてたんだ」

俺は言葉を失う。今までで一番最悪の村だ。

「じゃあ、鈴の音は……?」

「娘が助けを求めて鈴を鳴らして、両親が来たんだろ。村人の手で川に沈められた娘の両親をすずなりの神が食った。そのとき、奴は鈴を鳴らせばより生贄が寄ってくると学習したんだ」

「最近鈴の音が激しくなったっていうのはそろそろ新しい奴を寄越せって……」

赤い欄干から無数の頭が覗く。じりじりと鈴が鳴った。橋には上がってこないんじゃなかったのかよ。切間が俺を突き飛ばした。閃いた長い爪が切間の脇腹を掠める。暗がりの中でシャツが赤く染まるのが見えた。

「切間さん！」

蹲る切間の後ろに化け物の頭が見える。俺は咄嗟に転げ落ちていた銃を拾い、一発撃った。化け物が橋の下に落下する。くそったれ。俺は欄干から身を乗り出し、真下の草むら目掛けて飛び降りた。重力がのしかかり、脚に衝撃が走る。気にしてる暇はない。すぐそばで神が身を起こすのがわかった。俺は橋脚に向けて駆け出す。鈴の音が追ってくる。目指すのは橋の真下の石室だ。石と木の祠が見える。俺は足を速め、祠の直前で地に伏せた。俺の上を鈴の音と影が通り抜ける。巨体が穴の奥に滑り込んだ。穴蔵で影が蠢く。俺は祠を蹴り崩した。木の板と石を食らった顔が俺を見上げる。

「手前がやったことだろうが！」

俺は岩を投げつけた。鈴の音が聞こえなくなるまで、俺は木と石を放り投げる。その上に土を被せ、靴底で何度も踏み固めた。

やがて背後から明るくなり、朝日が射した。鈴の音は聞こえない。崩れた祠も石室も、草むらに隠れて見えなくなっていた。橋の上に戻ると、切間が座り込んでいた。

「大丈夫かよ……！」

頷く切間は破った上着を巻いて止血していた。大事にはなっていないそうだ。俺は切間に肩を貸しながら橋を渡り切った。

村はまだ寝静まっている。清廉な青い光が辺りを染めて水底のように見えた。バス停まで辿り着くと、ちょうど始発のバスが来た。車掌は怪訝な顔で泥まみれ血まみれの俺たちを見たが、乗車拒否はされなかった。俺たちは一番後ろの席にくずれおちた。

「どうすんだよ、あの村」

「起こったことを報告すれば、対策本部が悪神として処理しようとするだろうな」

「できんのかよ」

「実績があるらしい。俺は反対だがな。下手に手出しして、より最悪なことになりかねない」

「報告しなかったら？」

「放置だろうな。その場合、あの神のせいでまた被害が出るかもしれない」

俺は黙り込んだ。あの村の連中は悪人だ。でも、知らずに伝説を信じている奴もいる。雁金みたいに運命を受け入れている奴も。俺の考えを見透かしたように切間が口角を上げた。

「人間には神をどうこうできない。ひとを裁く権利もない」

「じゃあ、どうすりゃ正解なんだよ」

「正解はねえよ。考えるのをやめないことだ」

切間は黒手袋を外し、乱れた前髪を掻き上げた。左手薬指には細い指輪があった。

「あんた、子どもいんの？」

「……いる」

「なら、死に急いでんじゃねえよ」

切間は目を逸らし、窓の外を眺めた。どう見ても俺と兄弟に見えない。だが、俺の兄貴が働き詰めでくたばる前もこんな顔をしていた。考えるのはよそう。緩い振動と共にバスが発車した。

くわすの神

RYOU-KAI-SHIN-PAN

There are incomprehensible
gods in this world who cannot be called
good or evil.

序

話すことなんか何もない。

アンタもこんな老人の話なんか聞いても仕方ないだろ。年寄りは迷信深いし、記憶はあてにならん。それでもいいってか。仕方ないな。うちの家はな、代々養蚕をやってたんだ。絹ってわかるか。あれを取るために蚕を卵から育ててたんだよ。うちだけじゃない。昔はどこの家でも蚕を飼ってた。この村は養蚕業で栄えてたんだ。桑の木が文字通り山ほどあったからな。そのうち、化学繊維だ何だが出て、皆どんどんやめていったがな。俺が生まれた頃にはもう、うちと、あと数軒しかやってなかった。親父は頑固者だったからな。儲かる儲からんの話じゃない、養蚕は誇りだって。だから、うちには蚕を飼うデカい納屋があった。蚕が一斉に桑の葉を齧る音を聴いてると、晴れの日でも雨みたいで、あれは楽しかったな。だが、絹糸っていうのは蚕を殺さなきゃ取れないんだ。あんなにコロコロ太って可愛かった虫が、冷えた繭の中に収まって死んじまう。可哀想だと思って、あまり蚕に愛着を持たないようにした。親父は養蚕を続けたが、それでも、飯が食えなきゃやっていけん。

　あるとき、酷い冷夏があって大事な桑もみんな枯れて、いよいよ立ち行かなくなった。その年はちょうどお袋が俺の弟を死産して、少し精神をおかしくして、うちは酷く暗くなった。人間様が飯を減らして何とか耐え忍んでも、蚕は呑気に桑を齧ってて、好きだったあの音もどうしようもなく苛ついたのを覚えてる。普通の父親ならそんなどら息子ぶん殴ってただろうが、俺は親父にいっそ養蚕なんてやめちまったらどうかと言った。親父は手を上げたりはしない。ただがんとして首を縦に振らなかった。蚕は天の虫と書くだろう。あれは本当にこの村の神様なんだ、大事にしなきゃいけないんだと言ってな。あの目つきはどっか恐ろしくて、ぶん殴られた方がマシだと思った。親父もおかしかったが、お袋はもっとまずかった。夜な夜な死んだ弟の墓を掘り返したりするくらいにはな。親父が作った絹で弟を包んで納屋に行って、「ほら、父ちゃんの仕事場よ。大きくなったらあんたもお兄ちゃんと一緒にこれを手伝うんだからね」なんて言い聞かせてた。弟の死骸は繭の中で干からびた蚕みたいだった。親父は食い扶持のために余所の村の畑の手伝いなんかに出て、よく家を空けていたが、戻ってくると必ず「納屋には近寄るな」と俺に言った。そんなこと言われなくても近づかない。おかしくなったお袋と、ろくに桑を食わせてやれなくて痩せた蚕たちがいるだけだったからな。それから、夜になると納屋の近くで妙な音を聞くようになった。ぐちゃぐちゃとか、ずるずるとか、長い髪や肉を土に叩きつけたり引きずってるみたいな音だった。お袋が何かしてたんだろう。俺はそれこそ繭みたいに布団にこもって朝が来るのを待ってた。

ある日の真夜中、すごい雨の音で目が覚めたんだ。暗い家中に雨音が響いて、昼間は雲ひとつなかったのに、こんな土砂降りになるなんてと思った。だが、雨戸を開けてみたら雨は一滴も降ってなかったんだ。それで気づいた。蚕が桑を食う音だって。音は納屋の方から聞こえた。ただいつものさくさくと乾いた土に雨が染みるような音じゃない。じくじくと激しいが湿った夕立みたいな音だった。俺は仕方なく入るなと言われてた納屋に入った。真っ暗な中、奥の養蚕台に大きな影があった。繭だ。ひとひとり入れるような巨大なやつだ。お袋が弟の死骸を絹で包んでいたのを思い出した。繭は小刻みに震えてた。蚕が中で動いてたんじゃない。何かが外から動かしてたんだ。薄い紗（しゃ）みたいな白い羽根を持った何かが、繭を転がして少しずつ、少しずつ繭を大きくしていた。繭の中の何かがそれに抗（あらが）うように繭を震わせて……。それからは覚えとらん。納屋の巨大な繭は次の朝には消えて、蚕だけが残ってた。お袋もいなくなった。跡形もなく。捨てられたのかって？　どうだろうな。よくある話だ。戻ってきた親父は俺が伝える前から全部知ってたように落ち着き払ってた。ただひとこと「神様が守ってくれたんだ」と言っただけだ。確かに、それからは養蚕も持ち直して、万事上手（うま）くいったがな。訳のわからん話だって？　だから、聞いても仕方ないって言ったんだ。呆（ぼ）けた老人の話だと思って忘れてくれ。アンタに理解してもらおうとは思ってない。誰も知らなくてもお天道様が見てくれてるみたいに、俺たちだけがわかってればいいんだ。

一

窓の外を高速で並木が流れていって、洪水のようだと思った。

「大丈夫、酔ってない？」

凌子が身を屈めて聞く。新幹線の中で俺と向かい合っているのが切間じゃないのは変な感じがした。

「酸っぱいもの食べると治るかも」

凌子は乗務員から買った冷凍みかんを剝く。皮に張り付いた霜が弾けて眼鏡に飛んだ。凌子は照れくさそうに笑って俺に蜜柑を寄越した。穏やかな旅だ。切間と一緒じゃこうは行かない。何故今回はあいつじゃないのか聞きたかったが、この前の対策本部での言い争いを思い出して、何となく踏み込めずにいた。

「切間くんは上への報告で出張なの。せっかく慣れたのに、急に私と同行でごめんね？」

凌子は俺の考えを見透かしたように言った。

「全然。暴力刑事よりよっぽどマシだ」

「そんなこと言って。いいコンビだって評判よ。というより、烏有くんのお陰かな」

「俺の？」

「ええ、貴方が来てから未確認の領怪神犯の真相が立て続けに三つもわかった。上も喜んでいるの」

「上は気楽でいいよな。こっちはたまったもんじゃねえや」

俺はもらった蜜柑を齧る。果物というより、汁を凍らせた氷袋が口の中で潰れたようだった。凌子は苦笑を浮かべた。

「烏有くんの霊感は勉強やスポーツと同じ才能だよ。活用すればひとの役に立てる。神と同じようにね」

「冗談だろ。化け物も、化け物が見えるのもいいことなんかねえよ」

「そんなことないわ。私の故郷もそうして成り立っているもの」

俺は思わず聞き返した。凌子は眼鏡を外し、蜜柑の霜をブラウスの裾で拭った。

「故郷には疫病から村を守ってくれる神様がいてね。昔から烏有くんみたいな、普通のひとより神様に近いひとに神様のお世話をしてもらって、村を運営しているの」

「それ、何かの比喩か？」

「事実だよ」

凌子は事もなげに笑う。俺は何と応えていいかわからない。俺はふと凌子が名字を隠していたことを思い出した。

「……凌子さんが名字で呼ばれたくないのって、故郷と関係してんだっけ？」

「うん、こういう仕事だとわかるひとにはわかるから」

「あんたの名字って……」

宮木かと問いかける前に凌子が遮った。

「三原よ。故郷には一原から十原までいる。私たちが祀る神様は『こどくな神』と呼ばれているから、村人たちが揃って寂しくないようにしてあげるの。面白いでしょ？　村の中にはたまに反対派のひともいるけどね。今度帰省したらよく話し合わなきゃ」

裸眼の視線はナイフのように鋭かった。俺が言葉に詰まったとき、新幹線が停止した。


新幹線が停まるようなデカい都市に俺たちの仕事はない。例の如く鈍行列車を乗り継いで着いた村は、夏とは思えない奇妙な光景が広がっていた。

「何だよあれ、正月みてえだな」

思わず呟いたのは、木造の駅舎に文字通り正月飾りのようなものがぶら下がっていたからだ。葉のない枝に桃色や橙や紫の玉の飾りが蕾のようにびっしりとついている。大昔に見た覚えがあると思ったが、貧乏なうちで年中行事なんかやる余裕はなかった。たぶん親父が生きてた頃だろう。記憶の中では食紅で練った餅を飾っていたはずだ。飾りに手を伸ばすと、明らかに食用ではないかさついた感触に触れて、俺は手を引っ込めた。

凌子はくすくす笑う。

「繭玉だね。小正月に豊作を祈願して飾るの。元は養蚕地帯が豊蚕を祈ったものだから繭の形を模して餅を飾るんだけど、ここは本物の繭みたい」

「こんな爺婆の指みたいなカサカサのもんが絹になるんだな」

「酷い言い方」

優しく諭す口調は、最初に会ったときの小学校教師のような雰囲気のままだった。新幹線の中の底知れなさはない。

「ここは養蚕で有名だったみたいね。ほら、桑の木がたくさん」

凌子は錆びた線路の向こうを指した。逃げ水で歪んだ木々の葉は、偽物よりもわざとらしい光沢で輝いていた。

「こんな長閑なとこにも領怪神犯がいるのかよ」

「余所の人間にはわからないものだよ。それに、繭は多産や生命力を意味する縁起物だし、蚕の話は日本神話にも出てくるの。信仰との関係は深いはず」

「流石民俗学の教授だな」

「まだ准教授」

凌子がふざけて眉を吊り上げたとき、駅舎の方からゆらりと影が覗いた。

「あんたら、何しに来た」

しわがれた声と鋭い口調に、俺と凌子は視線を向ける。出てきたのは藍染めのシャツを着た老人だった。駅員らしいが、定年退職してないのが不思議なほどの年だった。呆けた老人が自分を駅員だと思い込んでると言われた方が納得がいく。摑みかからんばかりの剣幕に俺は少し苛ついた。

「何で言わなきゃならねえんだよ」

老人が膜の張った目を見開く。凌子が俺を制止して前に出た。

「やめてったら。急にごめんなさい。私、東京の大学の准教授をしております。フィールドワークで伺って……」

凌子が名刺を差し出すと、老人は急に大人しくなった。権威ってやつだ。

「繭飾りがあったのが気になって、急遽降りたものですから、アポイントメントも取らずにごめんなさいね。学生にいろんな文化を体験させたくて」

「学生ね……」

老人は俺に軽蔑の眼差しを向けてから、凌子には幾分か表情を和らげた。

「悪いが、文化なんてもんはここには残ってないよ。もうろくでもないもんばっかりだ」

無愛想は元かららしい。老人は追い払うように手を振って駅舎に戻っていった。

「何だあの爺い」

凌子が俺の脇腹を小突く。切間なら肋骨にヒビが入っていたかもしれない。いなくてよかったと思った。

「ろくでもないもの、ね……」

凌子は呟いて、無人の改札を潜った。

「若い奴らが来るのが気に入らないんじゃねえの」

「そういう話じゃないみたいよ」

俺は凌子の視線の先を見た。古びた掲示板がある。錆びた画鋲で指名手配や夏祭りのポスターが貼られる中、真新しいセロハンテープで留められた一枚の紙があった。真ん中に奇妙な絵が描かれている。楕円の中に胎児が蹲っているような薄気味悪いモチーフだった。紙の下には乱雑に引き剝がされた紙の断片が残っている。今貼られているポスターの絵と同じ切れ端だった。何度も剝がされて、その度に貼り直しているようだ。

「気色悪い……これが領怪神犯か？」

「どうかな。比較的新しいみたいだから新興宗教の類かも」

凌子はしばらくポスターを注視してから、村の方へ向けて歩き出した。あの楕円が眼球を連想させて、背後に視線を感じるような違和感を覚えた。ど田舎という言葉がぴったりの何もない村だ。舗装の剝がれたアスファルトから雑草が飛び出し、民家と廃屋と見紛う無人の商店がまばらにある。しばらく進むと、ひとつだけ内部に人影が覗く建物があった。凌子が視線で俺を促し、飴色のガラス戸に近づく。俺たちが触る前に引き戸が開いた。

「お客さん？」

現れた小太りの男は三十路に見えたが、子どものような恐竜柄のTシャツを着ていた。凌子が多少面食らって頷く。店内には村の人間全員かと思うくらいのひとが集まっていた。コインランドリーらしいが、黄ばんだ洗濯機と乾燥機の間には麻雀卓があり、それを囲む丸椅子に初老の男女が屯している。村の溜まり場らしい。小太りの男は俺と凌子を導き入れた。

「ママ、お客さん」

「余所様の前でママはやめなさい」

卓を囲む白髪交じりの女が顔を上げた。

「ええと、うちのお客さんじゃないですよね？　先生の？」

「先生？」

俺の問いに、周りの連中が一斉に頷いた。

「やっぱり遠くからも来るんだな」

「本当なら何年も予約待ちって言うから」

「俺もすっかりリウマチを治してもらって」

「偉い先生なのにこんなところに来てくださってありがたいわよねえ」

店内にさざなみのような笑いが満ちる。不気味さに目を逸らすと、凌子も苦笑いを浮かべていた。白髪の女が立ち上がる。

「先生のお客さんなら仲間みたいなもんです。どうぞ休んでいって。四時から集会ですから。アイスコーヒーまだある？」

小太りの男が店の奥へパタパタと駆けていった。知らないうちに話がどんどん流されていく。こいつらは何の集まりで、先生って誰なんだ。凌子の言葉が頭をよぎった。新興宗教。老人のひとりが尻を動かして奥に詰める。

「ほら、座んな」

仕方なく踏み出したとき、靴底に違和感を感じた。砂利でも入ったかと思ったが、もっと柔らかい。俺は屈んで靴紐を解き、スニーカーを逆さにする。手首を無数の赤ん坊の指がなぞったような感触が走り、靴から大量の虫が溢れ落ちた。俺は声を上げて靴を蹴り飛ばす。スニーカーが乾燥機にぶつかり、上から古い漫画本が落ちた。転げた靴には泥がついているだけで虫一匹いない。いつもの俺にしか見えないやつだ。俺は心臓がバクつく胸を押さえる。虫たちは芋虫に似ていたが、それより白くて太かった。ろくに通えなかった小学校で、クラスの奴らが授業の一環であんな虫を飼っていた。あれは蚕だ。

二

俺の青い顔を見て、凌子は俺をコインランドリーから連れ出した。放り投げた靴を引っ摑んで、片方裸足のまま外に出る。日差しは暑いのに身体が冷たい。靴を履いている方の足裏にぐにゃりと柔らかい感触が走った気がして、すぐに脱ぎ捨てたが、中からは何も出て来なかった。ランドリーの連中の怪訝な視線を感じたが、俺は裸足のまま外の道に座り込んだ。素足の裏を石と枝の切れ端が刺した。凌子は俺の肩に手を置いてそっと覗き込んだ。

「何か見えたの？」

「蚕だ……靴の中からうじゃうじゃ出て……すぐ消えた」

凌子は困ったような顔をして、俺が捨てた靴を持ってきてくれた。

「履けそう？」

俺は恐る恐るスニーカーの潰した踵に足を捻じ込む。平べったい靴底の感触があるだけだった。凌子は礼も言わずに靴を履いた俺を詰るでもなく、穏やかに見下ろしていた。何となく、玄関で靴を履く俺を見送る母親を思い出した。

「烏有くんは本当に〝見える〟んだね」

「こんな風に手がかりにもならねえ気色悪いもんが見えるだけだ。最悪だろ」

「手がかりにはなるよ。だって、蚕が見えたでしょう？　駅の繭玉、蚕の幻覚、この土地の領怪神犯は養蚕に関わるものだとわかった。大きな進歩だよ」

「流石准教授だな。俺じゃそんな風に思えねえや」

「仕事は足りないところを補い合うものだよ。烏有くんは見るだけ、利用方法は私が考える。それが組織でしょう？」

眼鏡の奥の凌子の瞳はまた刃物の輝きを帯びていて、どこもお袋には似ていなかった。

俺と凌子は村落の細道を歩いていた。

「村人たちの言う『先生』に会わなくちゃね。四時から集会らしいからもうすぐかな」

俺はまだ靴を半分脱いだ状態で小石を蹴った。

「あんたの見立てじゃ新興宗教なんだろ。ここの神とは無関係じゃねえか」

「断定はできないよ。何せ神は信仰が作るんだもの。鰯(いわし)の頭も信心から」

凌子は早足で前に出て、俺が蹴った小石を蹴飛ばした。石は竹藪(たけやぶ)にずぼっと突っ込んで見えなくなった。

「ゴール」

「先生、子どもみてえだな」

凌子はガッツポーズをした。

周りの家は、田舎によくあることだが、古くて金はなさそうなのにやけにデカい。三階建てが多いが、奇妙なのは一階は低くて平べったいくせに二階三階はやけに長いことだ。平家を押し潰して二階建ての家が生えたみたいだ。

「養蚕農家はそういうものよ。一階は居住区だから天井は低くて、二、三階は蚕棚の規格に合わせて高くするの。縦長の窓が見えるでしょう」

その通りに、白壁にはひとの腕がやっと通る程度の細い窓がついていた。

「あれは掃き出し窓。窓枠を床まで下げてあって簡単にゴミを外へ出せるから蚕棚はいつも清潔にできるの」

「ひとじゃなく蚕が基準の家かよ。人間が虫の奴隷みてえだ」

ここの神様が蚕ならそれがぴったりかもな、と付け加える。凌子は汗ばんだ髪を掻(か)き上げて笑った。

「神は人間より上位の存在とされるけど、私からすれば、神は人間の奴隷だよ。パンと水程度の信仰ほしさに何でもしてしまう憐れな奴隷」

　俺は口を噤む。凌子は見てないからそう言えるんだ。俺の見た化け物はひとつだって人間の姿なんかしていなかった。今だってそうだ。視界に入れないようにしていたが、デカい家の間からチラチラ覗いている。卵のような巨大で歪な楕円の塊が。近づきたくないと祈ったが無意味だった。優しい神なんかいやしない。

　凌子がどんどん足を進め、卵形の繭に近づいていく。異形に目を奪われて気付くのが遅れたが、いつの間にか道が舗装されて、周りの建物も少し近代らしくなってきた。この辺は行政が金を回しているんだろうか。それと同時に、道端に白くて脆い糸のようなものが絡んでいるのが見えた。凌子に聞くと不思議そうな顔をする。また俺しか見えていないんだ。

　更に進むと、夏は暑く、冬は寒そうなプレハブの小屋があった。木製の看板で「公民館」と書かれている。周囲にはひとだかりができていた。ランドリーにいた連中だ。恐竜柄のTシャツの息子を連れた白髪交じりの女が振り返る。

「あら、さっきの。大丈夫でしたか」

　女は心配の言葉とは裏腹に奇異の目で俺を見た。急に靴を脱いで悲鳴を上げて飛び出したんだ。イカれた奴だと思ったんだろう。凌子は「お蔭様で」と頭を下げた。女は素早く凌子に歩み寄って耳元に口を寄せた。

「あの、そちらの方も……？」

　俺は意図を測りかねて黙る。凌子は合点が入ったように頷いてから俺を指した。

「ええ。甥っ子なんですけど、都会生活で疲れてしまったみたいで……何とかなるでしょうか」

「先生ならきっと大丈夫。いい方に向かいますよ」

　女は早くも同族への気安さで凌子の肩を叩いた。女が再び人だかりに戻ると、凌子は肩を竦めた。

「ごめんね。あることないこと言っちゃった」

「別に。切間さんと違って聞き込みが楽でいいや。それより先生ってのアイツか？」

　俺は村人の輪の向こうを指す。脂ぎった頭の群れの上に、ひとり清潔そうな顔の男がいた。真夏に黒いスーツを着込み、髪を真ん中に分けて、どう見ても村人とは違う。それどころか能面じみた薄笑いは人間ともかけ離れて見えた。男はにこやかに村人の話を聞き、わざとらしく何度も頷いていた。

「奥さんは腰痛でしたね。お加減は？」

「今じゃ配達もできるようになって。本当に先生のお陰です」

「貴女の力ですよ。思い込みというと語弊がありますが、意志の力というものが存在します。気力ひとつで病は治る。私はその手助けをするだけです」

　男は神父のように手を広げる。凌子はまた目つきを鋭くした。俺は黙っていたが、鼓動が早くなるのを感じた。男の真後ろに粘ついた糸を引く何かが見えた。その更に後ろの公民館の屋根、汚れたプレハブに白い繭が鎮座している。こいつは一体ここで何をしているんだ。

「おや？」

男がこっちに目を向けた。奴は俺の顔を見たと思ったが、すぐに視線を横奥に振った。振り返ると、少し離れたところに藍染のシャツの老人が立っていた。駅員の爺さんだ。

村人が険しい顔になる。ひとりの中年が言った。

「また来たのか、爺さん。邪魔するなら帰ってくれ」

「そうですよ。私たちは誰にも迷惑かけてないんですから」

白髪交じりの女も語気を強める。

「皆さん落ち着いて」

先生と呼ばれた男は村人を宥め、老人に向き直った。

「貴方のお話も聞かせていただけませんか？　お力になれるかもしれません」

老人は喉を鳴らし、内臓が出たかと思うくらいデカい痰を吐いた。俺の足元に飛沫が飛んだ。何てジジイだ。村人も軽蔑の目線を向けた。白髪の女が呟いた。

「これだから伝統なんかに拘ってるひとは……ここの神様が何をしてくれたって言うんですか」

男は微笑を絶やさず女の手を取る。

「私は皆さんが信じてくださるだけで構いませんよ」

凌子が俺に囁いた。

「烏有くん、よく見て。何か始まりそう」

男は持っていた黒革の鞄をゴソゴソやった。

「人数も多いですし、ここで始めてしまいましょうか」

出てきたのはプラスティックの洗面器と医療用のメスだった。鞄にも、田舎の公民館にも不似合いなふたつに俺は目を奪われる。

「ゆうくん、ちょっと」

白髪の女が息子を呼びつけた。恐竜柄のTシャツの男は従順に腕を差し出す。

「痛いのは最初だけですからね」

先生は女の息子の腕を取り、メスを走らせた。俺と凌子は息を呑む。蛇のようにしゅるりと血が伝い落ち、洗面器が軽い音を立てる。明るい黄色のプラスティックをどす黒い赤が満たしていった。

「古来悪い血が全ての病の元です。こうすることで一緒に病気も身体から出ていくんですよ」

村人は何の疑問も持たずに聞いていた。男は血の杯を抱えて糸のように目を細める。

気が遠くなりそうな光景だったが、凌子に肩を叩かれ、我に返った。よく見ろと言われたんだった。俺は目を凝らし、すぐ顔を背けた。メスと血で満ちた洗面器を持つ男の背に、公民館の繭から無数の白い糸が繋がっている。羽化するのを待つ幼虫のように、粘性の糸が。こいつは何なんだ。新興宗教で、本当に神を作ってるのか。後退った俺は、先程の老人とぶつかった。老人は猛禽類じみた眼球で男を見つめている。

「ありゃあ駄目だ。くわすの神が来てる」

老人の掠れた声は、炎天下の中で氷のように冷たかった。

三

「くわすの神……？」

俺は繰り返す。老人は何を言っても無駄だという風に立ち去った。後ろから影が差して、振り向くと鼻がぶつかりそうな距離に先生と呼ばれた男がいた。

「そちらの方は私に会いに都会から来てくださったそうですね」

血を溜めた洗面器から錆の匂いが鼻を衝き、息が詰まった。

「初見の方は驚きますよね。ですが、効果はここの皆さんが保証してくれます」

村人が一斉に頷いた。退こうと思ったが、凌子が俺の腕を摑んでそれを許さなかった。食い込む指が死人のように冷たい。凌子は男に似た薄笑いを浮かべた。

「先生のそれは瀉血ですか？」

「瀉血？」と俺が耳打ちすると、凌子は「大昔の治療法。メスで切り付けたりはしないけどね」と答えた。

「少々違いますね。治療ではなく、あくまで手助けです」

「手助けとは『何』のですか？」

凌子は「誰の」とは言わなかった。男は笑みを絶やさない。

「ご説明が難しいのですが、お時間いただければお話ししますよ」

「……甥の心の準備ができていないみたいで、今日は見学までにしますね」

やっと冷たい指が俺の腕から離れる。凌子と男は最後まで微笑んだままだ。化け物二体に挟み撃ちされた気分だった。


公民館を離れ、俺と凌子は桑の木が茂る道を進んだ。桑が日差しを遮って涼しかったが、まだ鳥肌が浮いている俺には太陽が恋しかった。

「烏有くん、何か見えた？」

凌子は正面を見据えたまま言う。指と同じくらい冷たい声だった。

「繭みたいなものが見えた。それと白い糸。先生っていう男に絡まってるみたいだった」

「やっぱり蚕か。でも、ここの神とあの新興宗教が密接に関わってるようには思えないな。偶々信仰の対象が似た村を選んだのかもしれないけど……」

桑の並木が途切れて暖かい日が差すと、用水路の脇に石積が連なっていた。段々の石積は内側に枯草と泥水を湛え、青いネットが沈んでいる。昔は棚田だったんだろう。棚田の縁に、駅員の老人が座り込んでいた。近寄ると、老人は黄ばんだ歯に煙草を挟んで俺を見上げた。

「またお前か」

「またあんたかよ」

「ジャリめ」

老人は煙を吐いて嘲笑う。男や凌子の笑みよりずっと自然だった。

「なあ、さっき言ってた『くわすの神』って何なんだ」

爺さんは黙り込んだ。煙が言葉の代わりに解けていく。しばらくして老人は言った。

「余所者にはわかりゃしない」

「またそういう態度かよ」

「本当にそうなんだ。俺たちだけわかってりゃいいんだ。他の奴がなんて言おうとな」

爺さんは銜え煙草で立ち上がった。凌子はその背を見送って言う。

「彼はくわすの神って言ったの？」

「意味わかんねえけどな。何かを食わすってことか？」

「……わからないことだらけ。なら、懐に飛び込まなくちゃね」

凌子の眼鏡に夕陽が反射した。

陽が沈んだ頃、俺と凌子はあの公民館の前にいた。

「公務員が不法侵入していいのかよ」

「公務員じゃなくても不法侵入は駄目」

凌子はさっさとプレハブ小屋の裏に回る。扉には錆びた南京錠がかかっていたが、凌子が外したヘアピンで弄るとすぐに開いた。

「俺より犯罪に慣れてねえか」

「お墨付きもらっちゃった。行こうか」

俺は諦めて凌子の後を追った。暗闇の中でも屋根の上の繭は白い輝きを放って、月が落ちたかのように見えた。凌子は懐中電灯を取り出した。公民館の中は異様だった。狭い木造の廊下に駅で見た楕円のモチーフが所狭しと貼られている。それだけじゃない。壁には血管のような赤い筋と絹糸のような白い筋が複雑に絡み、デカい生き物の体内の有様だった。流石の凌子も青い顔をしている。俺以外にも見えてるってことだ。奥から心音に似たどくんという響きが聞こえた。それに合わせて廊下の赤い筋が脈動した。凌子は無言で足を進める。踏み出すたび足の裏に柔らかい感触が走り、靴から溢れる蚕の幻覚を思い出した。凌子が奥の引き戸に手をかけた瞬間、俺の耳元でぞばっと何かが蠢く音がした。無数の白い虫が這いずり、廊下に糸引く絹が撓む。俺が止めるより早く、凌子が引き戸を開け放った。押し寄せた臭気と熱気に鼻を押さえた。皮膚を剝がされた巨人か、血肉で出来た観音像と言うしかない物体が聳えている。天井に頭頂がつくデカさの人型はピンク色の肉を幾重にも連ねてできていた。剝き出しの血管がびくびくと動き、破れた部分から湯気と腐臭と共に血を噴き出している。肉塊は壁中に蜘蛛の巣じみた毛細血管を張って鎮座していた。

「何だよ、これ……」

「こんばんは、三原先生」

場違いなほど落ち着いた声が響いた。懐中電灯の光が壁を舐め上げ、引き戸の方を照らす。昼間、村人から血を集めていた男が立っていた。来やがった。俺は奴と距離を取ろうとしたが、背後の肉塊を思い出し、棒立ちになる。どっちに行っても化け物だ。少し遅れて奴が凌子の名字を呼んだことに気づいた。

「久しぶりね。何で覚えているのかな」

凌子は鋼を弾いたような硬い声で言った。やっぱり知り合いなのか。

「人的措置を施したのに、ですか？」

男は細い目を歪めた。俺は耳に馴染みのない言葉を繰り返す。

「人的措置……？」

「彼は何も知らないんですね。相変わらずあくどい。本物の親戚ではないでしょう」

俺は凌子を盗み見る。懐中電灯の反射が照らす横顔は月よりも冷たく白かった。

「あいつ誰だ。何の話をしてんだよ」

「彼はある村で領怪神犯を祀る神社の後継だったの。危険な神だったから対策本部が無力化したんだよ」

「貴女の組織の方がよほど危険だと思いますが」

男が血管の海に一歩踏み出した。

「三原先生なら私が何をしようとしているかわかると思いましたよ」

「あの楕円のモチーフとインチキな治療は君の村にいた悪神に似ていたものね。血を捧げた者によく似た人間もどきを作り、自らの信者にする『喰らう神』に」

背後の肉塊が湯気を上げ、熱気が首筋に触れた。俺は怖気を振り払って声を出す。

「でも、病気が治ったって……」

「治してないよ。彼は喰らう神に血を捧げて村人のコピーを作っただけ。本物は殺したのかな？」

「村の皆は彼らが入れ替わったことに気づきませんでした。平和的に唯一の神を祀る、より良い集団を作れる。どこが悪神なのでしょう」

俺は言葉を失った。

「君はこの村で、名前が似たくわすの神の信仰を奪って、喰らう神を作りに来たのね？」

「信仰は神が作る。三原先生が仰ったことです」

壁中の血管が蛇のようにうねり出す。肉塊がゆっくりと身をもたげた。俺たちをどうにかする気か。筋組織と血管が悲惨な音を立てて裂け、腐敗した血が降り注ぐ。口のない肉塊が悲鳴代わりの湯気を噴出した。俺が見てきたどんな物とも違う。俺は思わず呟いていた。

「こんな不気味で虚しいもんが神でたまるか」

その瞬間、血肉の赤い筋が白で塗り潰された。光が射したと錯覚するような絹糸が渦巻き、肉塊を搦め捕る。男の足元にしゅるりと糸が忍び寄った。男はあっ、と呟いた。瞬く間に男と肉塊を包んだ糸は繭を作り、ぎゅっと収縮して、消えた。壁の血管も、肉の化け物も、男の姿もない。辺りは古い畳と積んだ座布団があるだけの公民館の広間でしかなかった。夢でも見たみたいだ。

「あいつらは……？」

懐中電灯が凌子の手から落ち、床を照らした。畳に小さな軽い繭玉がいくつか転がっている。俺と凌子が呆然と立ち尽くしていると、窓を影が横切った。白くて柔らかそうな毛の生えた蛾に似た何かが屋根から降り、夜空へ飛び立つ。俺と凌子は外に飛び出したが、もう何もいなかった。屋根の上の繭もない。

「あれがくわすの神だったのか……？」

「そうだ。いつもは繭に籠っているが、いざというときはあの姿で繭から出てくるんだ」

俺の呟きに嗄れた声が応えた。心臓が口から飛び出すかと思った。藍染のシャツの老人が立っている。

「ついてきていたんですか？」

凌子の問いに老人は首を横に振った。

「あんたらにじゃない。うちの神様にだ」

爺さんは遠くを見つめた。

「くわすは桑に巣くうと書くんだよ。蚕の神様だ。昔からこの村にまずいことが起きて手に負えなくなったときに降りてきて、繭に包んで全部持ち去ってくれるんだ」

だから、あの男も肉の化け物も消えたのか。

「くわすの神はどこへ行ったんですか？」

「さあな。事が済むとすぐ消えちまう。合わせる顔がないと思ってるのかもな」

「何故？」

「まずいものを消すことはできても治すことはできねえからさ。そういう真面目な神様だ。悪く言う奴もいるが、俺らだけわかってりゃいいんだ」

あの神は何の見返りも求めず、村の危機を退けて去った。それとも爺さんの信心があれば充分なのか。桑の葉を対価に、飼い主に貴重な絹を遺して命を終える蚕みたいに謙虚だ。濃紺の闇の中に、星と月の光を受けて輝く白糸だけが残っていた。

街灯ひとつない畦道を、重い足を引き摺って進む。おかしくなりそうな静けさに、俺は大きく息を吐いた。

「いろんなことがありすぎて、でも、何にもしてねえような感じもする……」

「今回は翻弄されたね」

「神が相手じゃしょうがねえか」

「でも、収穫はあったよ。桑巣の神は善良で対価も少なく強力。上手くすれば悪神の排除に使えるかも」

　凌子の声はくたびれていたが力強かった。異端の男、猟奇的な怪物。桑巣の神。少し間違えば俺たちはその衝突ですり潰されていたかもしれないのに、よく言えるもんだ。

「触らぬ神に祟りなし、じゃねえかな」

　凌子は頬を緩めてくすりと笑った。

「触らなきゃ何もしない神様ばかりならいいけどね。早く帰って報告しなきゃ」

　早く帰りたいのだけは同意だった。駅に辿り着くと、やっと明かりが見える。掲示板のあのポスターは引き剝がされていた。駅員の爺さんがやったんだろう。駅は閉鎖されておらず、すんなり入れた。もしかしたら、爺さんの配慮だろうか。何でもいい。俺は駅のベンチに座り込んだ。始発まで時間がある。公民館の中で見た悍ましい記憶も、山ほどある疑問も考えずに眠りたい。隣に腰掛けた凌子が小さく息を漏らした。やがて、鮮烈な朝日が村の傾斜地を段々に照らし出した。枯れた棚田も鮮やかな橙に輝き、無数の鏡面のようで、何の役にも立たず、救いにもならない美しさだった。

俤(おもかげ)の神

RYOU-KAI-SHIN-PAN

There are incomprehensible
gods in this world who cannot be called
good or evil.

序

死んだひとに会えるんだって。よくある話だよな。都市伝説とか、学校の怪談でさ。霊界に繋がる公衆電話に十円入れると死んだひとと話せるとか。深夜零時に鏡を見ると霊が映るとか。最初は、うちの村の話もそういう類かと思ったよ。でも、違うんだ。うちの村のも嘘って言えばそうなんだけど本当なんだ。

　村にはでかい沼がある。浅くて淀んで、観光名所になる訳もない、誰も立ち入らないような沼だ。そこに橋がかかってるんだ。大昔からある、腐りかけの吊り橋だよ。そこに行くと、死んだひとに会える。昔から伴侶に先立たれたり、子どもを亡くした大人がふらっと訪れて、村中騒ぎになって捜しに行くこともあった。幼稚園に入る前、身寄りのない村の爺さんが沼で死んだから、近寄るなって親から聞かされてたんだけどな。

　高校最後の夏休みに、俺の同級生が家族旅行の帰り、事故に遭ったんだ。車は大破して同級生と父親は軽傷だったけど、母親は駄目だったらしい。うざいくらい明るい奴だったのに別人みたいに塞ぎ込んで、秋くらいから受験勉強もせずに、その橋に通い詰めるようになった。少しは仲良かったから心配で話しかけたら、奴は「お袋に会えるんだ」って言った。同級生の話だと、昔沼地に兄弟が住んでて、橋をかける最中に、弟が溺れて死んじまったんだって。

兄は毎日弟を想って橋を完成させた。弟は沼の守り神になって、兄を憐れんで橋を死者の世界と繋がるようにしてやったんだってさ。伝承なんかまるで興味のない奴が滔々とそんな話をするからぞっとした。信じなかったよ。いかれちまったんだと思った。同級生はムキになって、見せてやるから来いと言った。俺はその日の夜、同級生と一緒に沼に行った。沼の端には古ぼけた石碑があって、「俤」って書いてあった。昼間は汚いだけの沼に霧が立ち込めて、月の光が反射して、鏡面みたいに見えた。その水鏡に、俺の弟が映ってたんだ。驚いたよ。俺が小さい頃に海で死んじまった弟だった。ずっと昔だったけど一目見てすぐわかった。兄ちゃんって手を振って、抜けた乳歯もそのままだった。同級生は真っ青になってる俺を見て、「ほらな」って顔をしてた。俺にはそいつの母親は見えなかったけど。それから、気がつくと示し合わせたようにふたりで沼に行った。受験勉強なんか忘れてたよ。冬になる手前、予備校に忘れ物をしたとか嘘をついて、夜また沼に行こうとしたときだった。自転車を走らせてたら、厳しそうな顔したおっさんに呼び止められてさ。話聞いたら、その同級生の父親だった。最近息子の様子がおかしい。家にもろくに帰らずにフラフラしてる。何か知らないかって。俺は沼のことを言うか迷った。このひとも奥さんが死んだなら会いたいんじゃないかって。でも、迷ってる間に、そのおっさんにとんでもないことを言われたんだ。

「事故がショックだったのはわかるけど、怪我をした母親をほったらかしてほっつき歩いてるのは我慢し難い」ってな。

死んだんじゃなかったのかよ。そうしたら、おっさんの後ろからミイラみたいに顔を包帯でぐるぐる巻きにした女が出てきて、俺に会釈したんだ。そうだよな。駄目だったとは聞いたけど、死んだとは言われてなかった。じゃあ、同級生があの沼で会ってる母親って何なんだ。俺は、何も知らないけど事故がショックだったなら病院に診せた方がいいとか適当に言い訳して、自転車を来た方に走らせて、一目散に帰った。家に戻ってすぐ、箪笥の中のアルバムを全部ひっくり返した。ないんだよ、弟の写ってる写真が一枚も。悲しくて見てられないから捨てたにしたって、仏壇に遺影くらいないとおかしいだろ。仏間には爺さん婆さんの遺影があるだけだった。そういえば、沼で死んだ爺さんも身寄りがないって言っていたっけ。そんな爺さんが面影に惹かれて溺れちまうような家族なんていたのかな。わからない。それから沼には行ってない。同級生はそのうち引っ越して、俺は東京の大学に行くために上京した。二度と戻らないつもりだったけど、親父の介護があって帰ってきたんだ。最近、気がつくと仕事の帰りに沼の方に向かいかけてる。弟がまだいる気がするんだ。あの抜けた歯で兄ちゃんって呼んでるような気がして。でも、弟なんて最初からいたのかな。

一

俺が東京に着いた頃には夜だった。駅のホームは大勢の人間の熱気で満ちて、外より蒸し暑い。身体に纏わりついたあの村の空気が剝がれるようで、俺は深く息をした。

「今日はお疲れ様。大収穫だったよ」

改札を潜った凌子が俺に笑いかける。その笑顔が前より素直に受け取れなくなった。

「なあ、桑巣の神を利用するって本当かよ」

「まだ審査の段階だけどね。明日からの有給を資料作りに当てなくちゃ」

「休みの間も仕事か」

「研究職なんてそんなものだよ」

凌子は歩き出す。呼び止めたら面倒な問答になるとわかっていたのに、俺は口を開いていた。

「守り神がいなくなったら、あの村はまずいんじゃねえか」

「烏有くんがそんなこと言うなんて意外ね」

凌子は目を丸くした。俺も驚いている。もっと自分本位の人間だったはずだ。

「あの村なんか知らねえけどさ。神だ何だに手だしたら何が起こるか不安なんだよ」

凌子は笑ったが、熱気で曇った眼鏡の奥の瞳は微動だにしていなかった。

「私たちは既に神を利用してこの国を守っているんだよ」

「何？」

「昔、未来を教えてくれる領怪神犯がいてね。こんなにたくさんの神を見つけられているのはそのお陰」

「昔ってどれだけ昔だよ。今その神は……」

　ホームに滑り込んだ列車が大量のひとを吐き出して、辺りに喧騒が満ちた。

「その話は私が帰ってきたらね。これから忙しいの。帰省して親戚回りと夫のお墓参りもしなくちゃ。六原家とのひと悶着もまだ解決してないし……ああ、これはこっちの話」

　凌子の旦那が死んでるのは初耳だった。対策本部のことも、中の奴らのことも、俺は何も知らない。雑踏に消える前に、凌子は振り返った。

「切間くんも今日出張から戻るよ。ここで待ってれば会えるかも」

「仕事終わりに何でアイツの顔見なきゃいけねえんだよ」

　待つ気なんかなかった。ホームのベンチに座り込んだのは疲れてたからだ。考えることは多いのに、俺の頭の容量が圧倒的に足りていない。電車から溢れるひとの奔流を足踏みで数え、数え切れなくてやめるのを繰り返し、終電も近くなったとき、見知った顔が銀の扉から吐き出された。

「烏有？」

降車した切間は麦わら帽子の少女を抱き抱えていた。

「出張のついでに誘拐かよ！」

脛を蹴られる鈍痛も久しぶりだ。全く嬉しくない。抱えられていた少女が、切間の腕をペチンと叩いた。

「お父さん、駄目でしょ」

切間がたじろぐ。見たことのない表情だ。

「お父さん？」

「家内が入院して、実家に娘を預けてたから連れ帰ってきたんだよ。何が誘拐だ」

なめし革みたいに日焼けした厳つい切間と、色白で大きな目の少女はどこも似ていないが、確かに見覚えがあった。この前、対策本部の廊下にいた子どもだ。俺は指さす。

「宮木礼！」

少女は切間の腕から降りて、ちょこんとお辞儀した。切間が俺と娘を見比べる。

「知ってるのか？」

「ジュース奢ってくれたの」

切間が信じられないという顔をした。こっちだって同じだ。

「本当に親子かよ。全然似てねえし、名字が違えだろうが」

「似てなくて悪かったな。入婿だって言っただろ。面倒だから仕事では旧姓を使ってる」

宮木礼は大人しく俺たちを見上げていた。信じられないが嘘じゃないらしい。切間は溜息をつき、ネクタイを緩めた。

「……夕飯食ったか」

俺は首を横に振る。

「ジュースの借りを返す。この時間じゃろくな店やってねえだろうけどな」

切間は娘の手を引いてさっさと歩き出した。


駅を出て、高架下に入る。一軒のラーメン屋が、点いている方が暗闇よりかえって虚しいような明かりで汚れた店構えを赤く染めていた。

「ここでいいな」

切間と娘の礼は慣れた様子で暖簾を潜った。

「よく来んのか？」

「この時間に飲み屋以外でやってるのはここくらいだからな」

奥の座席について、礼は大人びた表情で首を振って言った。

「居酒屋さんでもいいのに」

「子ども連れて入れるかよ」

呆れながら娘を高い椅子に座らせる切間は父親の顔だった。油汚れでべたついたメニューを開く。他人の金で高いものを頼んでやろうという気は失せた。俺が無愛想な店主に醤油ラーメンと半チャーハンを頼むと、切間親子はラーメンしか頼まなかった。

「切間さんはあんま食わねえのか」

やたらデカいくせにと付け加えるのはやめた。

「どうせこいつの余りが回ってくるからな」

「今日はちゃんと全部食べるもん」

礼は頬を膨らます。こういうときは年相応のガキに見えた。切間は高い椅子で足をぶらつかせる礼の膝を軽く叩き、「危ないからやめろ」と言った。自分はしょっちゅう危ない化け物に首突っ込んでるくせに。すぐにラーメンが運ばれてきた。礼がチャーシュー一枚を箸で摘んで俺のスープに投げ込んだ。

「何だよ」

「ジュース、ありがとうございました」

切間が溜息をつく。

「チャーシュー嫌いなだけだろ。ちゃんと食わないとデカくなれないぞ」

「父ちゃんみたくなりたくねえんだろ、なあ？」

テーブルの下で、切間が娘に見えないように俺の脛を蹴った。娘が似ていなくてよかった。暴力刑事がふたりもいたら堪らない。醬油スープは味が薄いし、チャーハンは脂ぎっているが、礼は美味そうに湯気に顔を突っ込んでいた。切間は自分が食うのも忘れて、娘の顔を拭ったりしている。言った通り、礼はラーメンを半分残して父親に押しつけた。溜息交じりに伸びた麺を啜る切間を見て、俺は神々や対策本部について聞くのをやめた。こんな普通の父娘がいて、何事もない夏の深夜なのに、水面下で人間の手に負えない神が蠢いている。

「知りたくなかったな」

俺のぼやきは切間たちには聞こえなかったようだった。

ラーメン屋を出る頃には駅の明かりも消えていた。宮木礼は眠そうに目を擦る。切間が慣れた手つきで娘を背負うと、礼はスイッチを落としたように眠り出した。切間の肩に頬をぺったりとつけて目を閉じた少女は、鼻筋の辺りが父親に似ていると初めて思った。まばらなネオンの中を進みながら、俺は口を開く。

「なあ、何で婿入りしようと思ったんだ？」

「名字を変えたかった」

「何で？」

「俺の生まれは小さい漁村なんだが、だいぶろくでもないところだった。とっとと忘れたかったんだ」

切間は肩からずり落ちてきた娘を背負い直した。凌子も自分の名字は出自がわかりやすいから隠していると言っていた。

「その村って領怪神犯と関係あるか？」

「……ある」

「マジかよ」

「俺は村を離れたくて、警察学校に入って、刑事になった。それでも、離れられないもんだな。運命ってやつか」

切間は誰もいないのに律儀に赤信号の前で足を止めた。生暖かい夜風が工事現場にかかったブルーシートを揺らし、映り込んだネオンも揺れた。信号が変わり、切間が踏み出す。

「……俺が殺人課にいた頃、扱った事件のひとつが領怪神犯に関わるものだった。ただの変死として処理されるところだったが、俺には違うとわかった。それで、対策本部に目をつけられたんだ」

俺はわざと声を上げて笑う。

「馬鹿だな、首突っ込まなきゃ無事でいられたのに」

「それはお前もだろ」

切間は唇の端を軽く吊り上げて笑った。俺は舌打ちする。路地裏で煙草を吸っていた奴の煙が流れてきて、林立するビルに橋を渡した。煙草を吸いたいと思ったが、切間の背で眠る礼を思い出してやめた。

「宮木家は」

切間は言いかけて、しばらく迷った後言葉を続けた。

「対策本部の設立者のひとりだ。昔から国の神事に関わる由緒正しい家系らしい。俺も詳しくは知らないがな」

「婿入りしたのにか？」

「入婿の立場なんてそんなもんだ」

「……いいように利用されてんじゃねえの」

「かもな」

　切間はあっさりと認めた。

「どっちにしろ神を放置していたら事件が起こる。元刑事として見過ごせない。俺が走り回ってる限りは、嫁も娘も無事でいられる。それでいいんだよ」

「あんたが死んだら元も子もねえだろ」

「万が一のとき他の誰かに任せられるよう手を考えておく。礼の名前は俺がつけたんだ。将来仲間や上司に恵まれる礼儀正しい人間になるように。今のこいつじゃ不安だがな」

　俺は対策本部で言い争う切間の背を思い出した。娘を負った背に、他のいろんなものを乗せて、得体の知れない連中や神と付き合っている。俺は記憶にもない父親の影を想像しようとしたが、できなかった。切間が三叉路で足を止めた。

「俺はこっちだ。烏有、お前は？」

「逆方向」

「じゃあな。と言ってもまた明日会うか」

「出張から帰ってすぐ仕事かよ」

「ほざくな、税金泥棒」

切間は娘が寝ているのを確かめて、俺に言った。

「今度の神は『俤の神』だそうだ。詳しいことは明日話す」

「おもかげ……」

俺が繰り返す間に、切間は踵を返して去った。三叉路の端には、廃虚となったビルが聳えていた。小さな自販機と夜間警備員の誘導灯が蛍のように輝く。今までと何も変わらないはずなのに、何も知らなかった頃とは別世界のように見えた。

二

死者の都。そういう表現が最初に浮かんだ。バスを降りたときから村には濃霧が立ち込めていた。空気は死人の肌の温度だ。俺は鳥肌が立った腕を擦る。横の切間は平気な顔をしていた。

「よく寒くねえな」

「そんなアロハシャツ着てるからだろうが」

「俺が何着ようが関係ねえだろ」

「お前が阿呆みたいな格好で来るせいで聞き込みがやり辛い」

「俺がいなくてもあんた聞き込み下手じゃねえか」

脛を蹴られた。切間は昨日娘に構っていたときとは別人だ。しばらく凌子と行動していたせいで油断していた。考えを見透かしたように、切間が鼻で笑った。

「また俺と仕事で残念だったな」

「凌子さんも大概だったぜ。あのひとだいぶ怖くねえか」

切間は目を丸くし、深く溜息(ためいき)をついた。

「やっと気づいたか」

「あんたも思ってたんじゃねえかよ」

切間は誤魔化すようにさっさと歩き出した。

「今回の村は凌子さんが既に調査してるんだが、異状が見つからなかったそうだ。それで改めて俺たちが送られた」

「何でまた？　二度手間じゃねえか」

「さあな、あのひとの考えることはわからん」

俺は肩を竦(すく)める。

「あんたと組んだ方がマシだ。消去法だけどな。どっちも嫌だけど」

「そうだな。誰と組もうが、まず神なんかと関わらないのが一番だ」

切間は俺の脛を蹴らずに足を進めた。俺たちは霧の立ち込める坂道を下った。

辿(たど)り着いた沼は霧の色を映して、泥に牛乳をぶちまけたようだった。陰気な木々に囲まれた水辺には枯れた葦(あし)が生え、木のボートが腹を見せて打ち捨てられていた。沼の端から端にはぼろ切れのような吊り橋がかかっていて、足を踏み入れたそばから濁った水底へ落っこちそうだ。

「領怪神犯じゃなくても何か出そうな所だよな」

不気味さに耐えかねて俺が言うと、切間は沈鬱な顔で沼の向こう側を眺めていた。口元が強張って、見開かれた目は瞬きも忘れて乾いていた。視線の先を追ったが、苔むした石碑があるだけだ。

「切間さん？」

切間はようやく我に返った。

「あの石碑がどうかしたのかよ」

「石碑……？」

俺だけが見えてるものを他の奴が見えないのはよくあることだが、他人が見てるものを俺が見えないのは初めてだ。焦れったくて俺は石碑の方へ足を進める。

「ほら、これだよ」

近づくと、石の表面に彫られた文字の溝を苔が埋めつくしていてわかりづらいが、何かの漢字のように見えた。

「片仮名のイと弟、イオトウト……？」

切間は石碑を凝視してから、一度目を瞑って溜息をついた。

「馬鹿か、これで俤って読むんだ」

「嘘つけよ。面影は二文字じゃねえか」

「一文字で表す字もあるんだよ」

「……おもかげって昨日聞いたここの神の名前だよな」

「ああ、何でわざわざ常用じゃない方の漢字を使ってるんだか知らないが」

「ここの伝承が由縁だ」

急に会話に割って入った声にぎょっとすると、いつの間にか目の前に若い男が立っていた。縮れた髪がだらりと長く、痩せぎすの身体にシャツが張り付いて、沼から上がってきたかのような印象の男だった。

「あんた、誰だよ」

「そっちこそ誰だ。村の人間じゃないな」

切間が顰め面で答える。

「ここの伝承の調査に……」

「前にも東京からそんな奴が来たな。眼鏡かけた教師みたいな女だった。知り合いか？」

凌子のことだ。男は俺たちを押し退けて、石碑に触れ、指で苔をこそげ落とした。

「調査、ね。こんだけ続けばそりゃあ来るか」

「続いたって何が？」

「変死だよ。知らずに来たのか？」

俺と切間は顔を見合わせた。男は急に沼の向こうを指した。

「何か見えるか？」

目を凝らしたが、葦が脱色したての女の髪のように垂れているのしか見えない。切間は無言で目を伏せる。それを見て、男は肩を竦めた。

「そっちのデカいのはわかってるみたいだな」

男はくたびれた表情で髪を掻き上げる。

「俺も正直参ってるんだ。何とかできるならしてくれよ。あんたらじゃ頼りないけどな」

「それが他人に物頼む態度かよ」

俺が詰め寄ると切間に背中をどつかれた。


「喫茶店なんてないから、ここでいいよな」

男に案内されたのはバスの待合室らしい木造の小屋だった。ホーロー看板のベンチは埃が溜まって、背もたれの字が掠れていた。男は甲斐と名乗って、煙草を取り出した。

「あんたら、どこまで知ってる？」

切間はベンチの前に立って言った。

「あの沼の橋で、亡くなったひとに会えるとか」

「座っていいよ……そうだ、あの世とこの世の境の吊り橋、よくある怪談だろ」

「変死はそれと関わりがあるんですか」

「だろうな。昔、沼地に兄弟が住んでて、橋をかける最中に、弟が溺れ死んだ。兄は橋を完成させた。弟は沼の守り神になって、兄を憐れんで橋を死者の世界と繋がるようにしてやった。それが伝承だ。同級生から聞いた」

「だから、弟の字が入ってたのか」

俺の呟きに甲斐は頷いた。

「その同級生もいかれてどっか行っちまった。俺の親父もだ。脳の病気で呆けちまって徘徊が始まって、半年前沼で溺れてんのが見つかったよ」

「あんたの親父さんは沼で誰を見たんだ？」

「……息子だ。死んだ俺の弟が見えたんだと」

甲斐はまだ半分以上残った煙草を折った。

「勿体ねえな」

俺は思わず口走る。奴の呆れ笑いは年下の子どもに見せるような顔だった。

「最近、俺も弟が見えるんだよ。弟は溺れて死んだんだ。小学二年生で歯が生え変わり始めた頃だった。棺に抜けた歯を入れた箱を納めたのを覚えてる。葬式でお袋が『歯を縁の下に埋めなかったから、新しいのが生えてくる前に死んじゃったのかしら』って泣いたんだ」

切間は瞑目した。自分の娘と重ねてたのかもしれない。俺は切間の代わりに聞く。

「でも、死人に会えるなんてさ。本当に弟なのかよ」

甲斐は縮れた髪を掻き上げた。

「俺だって信じてなかったさ。でも、見ちまった。沼に行かないようにしてるのに、気がつくと向かってる。兄ちゃんって呼ぶんだ。歯が抜けてるから、にいひゃんって聞こえて、昔俺がそれを揶揄ったのも全部覚えてるんだよ……」

甲斐は項垂れて首を振った。参ってるのは本当らしい。折れた煙草を灰皿に捩じ込み、甲斐は踵を返した。

「早いとこ何とかしてくれ。俺は甲斐自転車って店にいるから話があれば来いよ」

数歩進んでから、甲斐は俺たちを振り返った。

「もし、身近に死んだ人間がいなかったらあの沼で何が見えると思う？」

唐突な問いに俺は狼狽えた。

「何も見えないんじゃねえの」

「普通はそうだよな」

甲斐はそれ以上何も言わずに立ち去った。切間はブリキの灰皿を引き寄せて、煙草を取り出す。俺もポケットから煙草を出してライターを擦った。煙が霧に溶けていった。

「思ってたより大変な村みてえだな」

「そうだな」

切間は銜え煙草で待合室の隅に捨てられた新聞を取り上げた。向けられた背に拒絶を感じた。沼で何を見たか聞くのを諦め、俺は新聞を覗き込む。

「面白い記事でもあったかよ」

「ソ連が原子力空母を開発中だと」

「それってマズいのか」

「本格的に戦争になるかもな」

「もしそうなら、ど田舎の神なんか構ってる場合じゃねえんじゃねえか」

「そうでもねえよ」

切間は湿った新聞を畳んだ。

「対策本部は領怪神犯の活用を目論んでる。ゆくゆくは悪神の排除以外にも使う気だろう。同じようなことは他国でも起こってるかもしれない」

「海外にも領怪神犯がいんのかよ」

「さあな。だが、信仰がある限り形は違えどあってもおかしくない」

スケールがデカすぎてわからない。俺は息と煙を吐いた。凌子の言葉が頭に浮かんだ。

「神は人間の奴隷か……」

切間は横目で俺を見たが、何も言わず息をついただけだった。

どちらともなく立ち上がったとき、霧に魔物の眼光のような赤が滲んだ。こっちに迫ってきたと思うと、一台の救急車が俺たちの前を駆け抜けていった。沼の方だ。俺たちは視線を交わし、濃霧に飽和するサイレンを追いかけた。

沼には既に警察が黄色のテープを張っていた。ストレッチャーを押す救急隊員が警官を押し退け、僅かに空間をつくった。

「またよ、半年前はあそこの旦那さんが……」

辺りから声が上がる。野次馬の肩越しに沼から引き上げられる人間が見えた。ふたりがかりで引き上げられた身体はマネキンのように強張っている。縮れた髪は今度こそずぶ濡れで、シャツには沼の泥が染みていた。甲斐だ。切間の呻き声が聞こえた。救急車が発車し、淀んだ沼の全貌が広がる。俺は息を呑んだ。沼の縁の苔むした石碑には「俤」と書かれていたはずだ。今は「甲斐」と彫り込まれていた。何十年も前からある墓標のように。

三

甲斐は搬送先の病院で死亡したらしい。俺たちが奴から聞いた自転車屋に向かう最中、切間は凄絶な面で黙りこくっていた。元刑事として責任を感じているんだろう。正直横にいて気が滅入る。道端に中身が腐ってるのではないかと心配になるほど古い自販機があった。俺は百円玉を入れて、出てきた缶コーヒーで切間の肩をどついた。

「何だ」

「あんたのせいじゃねえよ」

切間は目を丸くして缶を眺めてから受け取った。

「借りができたな」

「返したんだよ。ジュースとラーメンじゃ割に合わねえ」

切間は俯いて小さな声で何か言った。礼だったような気もした。

「烏有、お前は飲まないのか」

「要らねえ。あの自販機ボロくて中身腐ってそうだろ」

「それを押し付けたのか」

重たい舌打ちに肩を竦めると、甲斐自転車が見えてきた。錆びついたシャッターと雨水の溜まった緑の覆いが陰鬱で、俺は表情を引き締める。自転車の空気入れが倒れていた。それを直しもしないで、五、六十代の女がへたり込んでいる。縮れた髪とくたびれた横顔で、甲斐の母親だと思った。俺たちが歩み寄ると、女は濁った目だけを動かした。

「どなた？」

排他的な聞き方も息子そっくりだ。切間は少し間を置いて「警察です」と答える。

女は唇の端を吊り上げた。

「夫のときも沢山警察の方が来ましたね。今度は息子。疑ってます？」

切間は首を横に振った。女が長い溜息をつき、煙草を吹かす甲斐の面影が重なった。

「あの子、弟が見えるって言ってました。夫もそう。息子が見えるって。神がどうとか、おかしくなっちゃったのよ」

女は頭痛を堪えるようにこめかみを押さえた。

「過去のトラウマが時間を置いて蘇ることは稀にあります」

「弟なんかいないのよ！」

　女は叫んだ。

「確かに弟ができるはずでした。でも、流産だったの。生まれてもいない。私の子は沼で溺れて死んだあの子だけ！」

「何だって……」

　俺たちはお互いの顔を見る。女は顔を覆って嗚咽を漏らした。甲斐が死ぬ前に言っていた言葉が脳裏をよぎった。身近に死んだ人間がいなかったら。俤の神が死者の幻影を見せる神じゃないなら、伝承が根底から変わってくる。切間は青い顔をして言った。

「沼に向かうぞ」

　深い霧は夕陽を遮って、水辺を白で塗り潰していた。葦だけは茜色の空を反射して、血塗れの針のように見えた。切間は奥歯を嚙み締めて水面を見つめていた。土が溶けた沼は黒く濁って、甲斐たち村人の命を吸ってきた淀みのように思えた。俺は意を決して切間に聞く。

「なあ、初めてここに来たとき、あんた何を見たんだ」

「故郷の知り合いだ。生きてはいるが、酷いことになった奴だ。そいつの名字が石碑に書かれていた」

　俺は苔むした石碑に視線をやった。根元には木々の根が人間の腸のようにのたくっている。黒い水面に石碑が影を落とし、垂れる倒木の枝葉も——違う。葉じゃなく髪だ。長く垂らした髪を水に浸して、蹲る影が映っている。水面の虚像から視線を上げると、石碑があった場所に真っ白な男が座っていた。素っ裸で服の代わりに全身に青黴じみた藻を纏っていた。髪も肌も白く、茹で卵のようにぬるりとしている。顔を覆う手は膨れて傷だらけだった。俺は考える前に葦を踏みしだいて駆け出していた。背後で切間が俺を呼ぶ声がする。辺りが暗い。白かった霧が黒に変わって周囲が煙で満ちたようだ。俺が足を止めると、真っ白な男が手を下ろした。白濁した目と、枯葉で掻いたような傷だらけの顔が露わになる。男は膨れた指で沼を指した。指の示す方を見る。ぼろきれじみた吊り橋の下に、うつ伏せになった人間が浮かんでいた。長い髪が水に広がって、波打つ度に小刻みに揺れる。泥を吸った着物ははだけて、今にも剥がれそうだった。助けないと。俺は葦を掻き分けて沼へ進む。ひやりとした水が死人の手のように脛に絡みついた。そう思った瞬間、全身に重みを感じて足を踏み外した。

どぶん、とくぐもった音を境に五感が消える。黒い水が全身を包んで、沼に落ちたんだとわかった。不思議と苦しさを感じない。何とか身を翻して、俺の背にのしかかる奴の方を見た。真っ白な男が俺を水底へと押し込んでいる。男の手の平は冷たく、膨らんでいた。溺れた死人の手だ。

「お前、殺されたのか」

水中なのに俺の声ははっきりと響いた。伝承の中の弟はきっと兄に沼で殺されたんだ。

理由はわからない。だが、そのせいでこいつは化け物になっちまった。死人の幻影を見せて、自分のように村人を溺れ死なせている。身近に死者がいる者にはその面影を、いない者には自分のような弟がいると思い込ませて。

「そうまでして殺したいのかよ……」

俤の神は俺を見下ろして、少し眉尻を下げる。膨れた唇が動いた。

「お前、何もないね」

その意図を考える前に、俺は物凄い力で引き上げられた。

「烏有！」

水から出た途端、冷えた空気が全身を包み、急に苦しいと思った。俺は水を吐いてえずく。鼻と目に刺すような痛みがあり、口の中に泥がじゃりじゃりいう感覚が広がった。

「何やってんだ、お前！　急に走り出して、沼に飛び込んで……」

俺を引き上げた切間は馬鹿みたいに焦っていた。笑える顔だった。

「悪い……」

土を吐き捨てて、俺は立ち上がる。冷静になった瞬間、遅れて恐怖が襲ってきた。真っ白な男がまだそこにいる。白濁した目は俺たちを捉えていた。切間が肩を貸そうとするのを振り払って、俺は俤の神を指す。

「マズい、まだあそこにいるぞ！」

「何……？」

目の前にいるのに、切間には見えていないようだった。くそ、逃げるしかないか。だが、このまま放っておいても、いつか甲斐のように呼び寄せられる。そう思ったとき、白い男の足元に蛇のようなものがしゅるりと忍び寄った。男は曇った目で下を見る。泥と藻で汚れた男とは違う、一切の穢れのない白い糸が男に巻きつき、繭のように包み込んだ。糸が解け、空中に霧散する。後には石碑だけが残っていた。切間は困惑気味に俺と石碑を見比べている。俺は息を吐いて、かぶりを振った。

「たぶん、もう大丈夫だ」

「何が大丈夫だ」

切間は口をへの字に曲げ、俺の背をどついた。勢いで俺の口から泥水が飛び出して、俺は笑う。空元気だが、そうしなきゃやっていられない。苔むした石碑には、来たときのように「俤」の一字だけが彫られていた。

俺たちは暗くなった村を歩いた。服が濡れたせいで凍えそうなほど寒い。夏だってことを忘れそうになる。切間は低い声で言った。

「お前、何を見たんだ。お前が大丈夫だと言ってから、幻影も見えなくなった」

「……前行った村にいた神が見えた」

俤の神を包んだ白い糸は、確かに桑巣の神のものだった。

「凌子さんが悪神の排除に使えるつってた神なんだ。まさか本当にやってんのか。でも、いくら何でも早すぎる……」

　切間は暗い顔で俯いた。

「連中ならやるだろうな」

「いいのかよ。神なんか使って」

「お前には教えてないが、対策本部は既に神を活用してるらしい。未来を予知する神だとか」

　凌子から聞いた話と同じだ。

「……その神ってどんな奴だ」

「俺も詳しくは知らない。件の神と呼ばれてるとだけ聞いたことがあるが」

　俺はそれ以上聞かなかった。

　道の先にシャッターが降りた甲斐自転車が見えた。甲斐の母親は流産だったと言っていた。切間が見た知り合いはまだ生きているという。

「俤の神ってさ、たぶん殺されてんだ。自分の兄貴に」

　俺は何ともなしに呟く。

「それで、あいつが見せるのは死人じゃなく、後悔とか罪悪感を持ってる相手じゃねえのかなって」

「……そうかもな」

　俺は早足で甲斐自転車の前を通る。

「俺は何も見えなかったんだ。凌子さんもそうだったんだろ。俺、やっぱり悪人なのかなって思っちまったんだよな。誰にも悪いと思ってないから何も見えなかったのかとか」

俺は笑って誤魔化したが、切間は微塵も笑わなかった。

「悪人はそんなこと言わねえよ」

長い沈黙の後、切間は言った。

「お前は凌子さんたちとは違う。神を使うことにビビってるだろ」

「ビビってねえよ」

「それでいいんだ。使おうなんて考えるな。神々は人間の手には負えない」

坂の上にバスの待合室が見えた。数時間前まで生きていた甲斐がいた場所だ。俺の煙草は濡れてもう吸えないだろう。

呼び潮の神

RYOU-KAI-SHIN-PAN

There are incomprehensible
gods in this world who cannot be called
good or evil.

序

俺の村は最悪だった。その血を引く俺も、いつか最悪の人間になるだろう。それが恐ろしかった。俺の村の人間の肌は皆浅黒かった。年中日が照る漁村だからだ。俺の肌も物心ついたときからそうだった。子どもたちで色が白い奴はいなかった。思い出すのは、浜辺で漁師たちが歌っていた歌だ。

大潮小潮。潮が満ちれば道は消え、潮が引いたら現れる。潮は四の尾。呼ばりて来たる。

子どもたちも、魚の鱗が張りついた網を大人と一緒に解しながら、舌足らずに歌っていた。その列に俺もあいつも交じっていた。あいつは痩せぎすで、御多分に漏れず日焼けしていて干物みたいだった。同い年の男子の中で一番背が高かった俺とは対照的に一番背が低かった。ガラの悪い年上に睨まれるたび、あいつは俺に縋り付いてきた。俺は体格と目つきのせいで誰にも絡まれなかった。何度か追い払ってやると、あいつは俺の後ろをついて回るようになった。同い年だが弟のようだった。あいつは俺と同じで、村の四大名家の生まれだった。名家と言ってもろくなもんじゃない。神様を呼ぶための力を持つ家系だと言われていたが、違う。村人を食い物にして肥え、育ったら食われるためにある。そういう仕組みの家だ。思い知ったのは、十二歳のときだ。

村には何十年かに一度行われる祭りがあった。あいつは祭りで重要な役割に選ばれたのだと言ってきた。「おうず様になるんだ」と、そう言った。村で神託を聞く神主がそう呼ばれることと、四大名家から選出されるのは知っていた。詳しくは知らないが、いつも俺の陰に隠れていたあいつが誇らしげにしているのは嬉しかった。

祭りの日、苛むような鈴の音と、夕方の浜辺で血の海のように輝く波をまだ覚えている。大人たちは注連縄を電車ごっこのように持って連なり、崖の方へ向かっていた。中央にはあいつがいて、神主というより、昔の罪人のような運ばれ方だと思った。あいつは大人たちの間から俺を見て少し笑った。子どもはこれ以上ついてくるなと言われたが、俺はひとり隠れて崖の裏に行った。崖の下には渦潮が巻き、一度落ちれば二度と上がれない。潮を読み誤った漁師や、大人に黙って洞窟に遊びに行った子どもが何人も死んだと聞いていた。日が沈み、黒い波は怪物のように唸った。大人たちは洞窟の入り口で、縄を蠢かせていた。波飛沫に混じって悲鳴が聞こえた気がして、俺は声の方に走った。そこで、おうず様を見た。一生忘れないだろう。空洞のような目と鼻と口、この村の人間とは思えないほどふやけて白くなった肌。髪の毛は一本もない。その後ろに、何かがいた。俺は逃げた。尖った岩場が足の裏を切った。傷口を潮が洗って進むたびに激痛が走ったが、浜辺まで無我夢中でかけた。砂浜に出たとき、洞窟からここまで俺の足跡が赤く延びてるのがわかった。追われている錯覚を覚えて、また走った。血の足跡は波がすぐに消し去った。祭りの後、いつもより静かで冴え冴えとした夜の海だった。この村が最悪だと知った。あいつは次の日から二度と姿を見せなかった。子どもたちは誰もあいつの話をせず、大人たちは時折「おうず様」の話をした。何度も洞窟へ向かったが、潮に阻まれて行けなかった。あのとき、逃げなければ。そう思いながら、結局俺は逃げた。

東京に来てからも俺の肌の色は変わらなかった。どこまでもあの村の人間だと思い知らされた。刑事になったのは、少しでも最悪なものから遠ざかりたかったからだ。馬鹿真面目だと言われるたび否定した。謙遜じゃない。何をしようが、あいつを見捨てたことは変わらない。俺は存在しているだけで最悪だった。

あるとき、舞い込んできたのは、殺人課なら珍しくもない変死事件だった。仲間が普段通り仕事に当たる中、俺だけは違うとわかった。これは人間の犯罪じゃない。あの洞窟で見た神の影が頭を過ぎった。新人の頃から世話になっていた上司にだけ、それを漏らした。だからだろうか。事件解決の一歩手前で殺人課に見知らぬ連中が雪崩れ込んで来た。奴らは事件の資料を軒並み掻っ攫って、最後に俺を別室に連れ出した。見慣れた取調室だが、自分が詰問される側に回ったのは初めてだった。俺に相対する眼鏡の女は凌子と名乗った。

「切間蓮二郎くんね」

凌子はくすりと笑い、次に俺の出身を言い当てた。

「何故わかる？」

「専門なの。神や信仰に関わること全て。貴方も覚えがあるんじゃない？　この事件がひとの手によるものじゃないとわかったんだから」

俺は口を噤んだ。

「切間家は貴方の村の四大名家。神を呼び寄せる力があるんでしょう。だから、今回の一件が舞い込んだのかも」

「……俺のせいで事件が起こったと？」

「違う。でも、これからそうならないとは言い切れないかな」

頭が真っ白になった。もしそれが事実で、村を出ても変わらないなら、俺は事件を解決するつもりで被害者を増やしていたことになる。俺は震える手を押さえて組んだ。凌子は見透かしたように微笑んだ。

「貴方の力をひとを守ることに活かしてみない？」

選択肢などなかった。俺は対策本部に入った。訳もわからないまま仕事を続けるうちに、上層部の男が娘との縁談を持ってきた。宮木という、対策本部創設者のひとりだった。俺の村と変わらないほど底知れない家だった。婿入りすれば名字を変えられるという点と、より内部に潜り込めれば情報を得て、防げる事件も増えるだろうと思って承諾した。駒として利用されることはわかっていた。妻は自分の家について詳しく知らない、普通の病弱な女だった。色白で目が大きくて優しげな、村の人間とは似ても似つかない姿で出迎えられるたび、どんな仕事の後でも安堵(あんど)した。娘の礼が妻に似ていてよかったと思った。

あの村で生まれて、神を呼ぶ力を持って、こんな仕事をしている。俺はろくな最期を迎えないだろう。構わない。それが相応(ふさわ)しいと思う。せめて、妻と娘だけには累が及ばないでほしい。これから、最近はもうひとりだ。烏有が俺について回る姿に、あいつを重ねていると最近気づいた。馬鹿でろくでなしでガラの悪い霊感詐欺師だが、悪人じゃない。全て事が済んだら、真っ当に生きてほしい。そのためにできることはしておきたい。祈るべき神は俺にはいないからだ。

―

船のスクリューがけたたましく海面を切り刻んでいた。

「うるせえ!」

背後の切間が鋭い目つきで俺を睨んでいた。聞こえなかったが、どうやら俺に何か言った直後だったらしい。

「あんたじゃねえよ、船だ船!」

切間は呆(あき)れたように船の手すりに腕を回した。陽光は激しく、一面の海原なのに、何故か仄暗い気がするのは、スクリューが撒き散らす飛沫が辺りを霞ませているせいだ。これは漁船を改造した船らしいが、どこを改造したのかわからない。魚の代わりに甲板に人間を転がしているだけだ。朝から延々と電車を乗り継ぎ、一日一本しかないこの船に乗せられた。行き先の詳細は知らされていないが、ろくでもないのは確かだ。俺は声を張り上げる。

「この音何とかならねえのかよ！」

「しょうがねえだろ。デカい船をつけられる港なんか村にはない」

「交通費も税金ですし、文句は言えませんね」

「公僕が」

悪態を返したところで、知らない声が交じっていたことに気づく。横を見ると、俺と切間の真ん中に黒ずくめの女がいてひっくり返りそうになった。

「誰だお前！」

「冷泉と申します」

「いや、マジで誰だよ」

切間が溜息をついた。

「冷泉は対策本部のメンバーだ。今回は彼女も同行する。俺たちだけじゃ対処しきれないこともあるかもしれないからな」

「そんなにヤバいとこに行くのか？　それより、いつからいたんだよ」

「船に乗ったときからです」

「一声かけろよ！」

冷泉はにやりと笑った。喪服じみたワンピースといい、青白くて黒子の多い顔といい、葬式帰りのような雰囲気だ。切間は俺の肩を叩いた。

「こいつが例の霊感詐欺師だ。烏有は本当に見える」

「お気の毒」

「思ってねえだろ」

対策本部の女はどいつも一癖ある奴ばかりなのか。そうでもなきゃこんな仕事は続けられないのかもしれない。

「冷泉は凌子さんと同じ民俗学者だ。オカルト雑誌記者の経験もある」

「彼女と一緒にされたくないですね」

切間がまた溜息をついた。冷泉は俺に近寄る。

「凌子さんにはもう会いました？」

「嫌ってほど。怖え女だよな」

「よくご存知で。知ってます？　彼女の旦那さんもうちの職員でしたけど失踪したんですよ。凌子さんと意見が対立してから」

俺は息を呑んだ。凌子は旦那の墓参りに行くと言っていた。どっちが本当かわからないが、ろくでもない真相が隠れていることは想像できた。

「眉唾は記事だけにしとけ。もうすぐ着くぞ」

切間は眉間に皺を寄せた。眩しさのせいだけではないと思った。こんな機微までわかるようになった。嬉しくもない長い付き合いだ。

「切間さん、今回の村は……」

「俺の故郷だ」

俺は言葉を失った。切間は荒波を見つめ、重い息を吐く。

「いつかは向き合わなきゃいけないことだ。この前の村でようやく決心がついた」

「でも、いいのかよ。あんたの故郷で祀ってる神なら……」

「構うな。俺は故郷を滅ぼす覚悟で来た」

俺はそれ以上何も言えなかった。鼓膜を掻き回すようなスクリューの爆音がありがたかった。それに交じって、子どもの歌声が聞こえる。大潮小潮……、異様だ。船のモーターと波が騒がしいのに、耳元で歌ってるように鮮明だった。切間と冷泉は傍らで何か話している。俺にしか聞こえない。手すりから身を乗り出すと、白いロープが波間に浮かんでいた。船を繋ぐにしては細すぎるし、形が妙だった。注連縄だ。浜辺にあるはずのない、切れた注連縄が細腕のように海を掻き混ぜていた。

船が停まった瞬間、波の上を滑る空気が変わった。潮風が急にベタついて、汗ばんだ病人がまとわりついているような臭気だった。鮫の歯のような岩礁が顎を広げている。

波に埋もれる岩の一部に白い影が立っているような気がした。

浜辺に降り立つと、スニーカーの靴底に砂が侵入した。ざらついて、嫌な重みだった。

冷泉はヒールのあるパンプスでよたつきながら、切間の手を借りて船を降りる。周りを見渡したが、歌声の主は影も形もない。

「あれ、子どもは……」

冷泉が怪訝そうに俺を見た。

「船で子どもが歌ってる声が聞こえたんだよ」

切間が吊り気味の目を見開いた。

「どんな歌だった」

「よくわからねえけど、大潮小潮って……」

切間の目が更に大きくなった。

「何かまずいのか？」

「まずくはない。子どもの頃よく聞いた歌だ」

俺たちを乗せてきた船は逃げるように去っていった。これで、どう足搔いても明日まで帰る術はない。船が見えなくなると同時に、海岸の先に黒い影がひしめき出した。切間と同じように日に焼けた村人たちが見下ろしている。入り込んだ異物を排除しにきたように、険しい顔で、一斉に目を動かす。黒い肌に白眼と歯だけが光っていて、揃った動きといい、虫の大群のようだった。

「これはまた……」

冷泉が呑気に呟く。切間が一歩前に進み出た。ひとりの女が同じように前に出る。

「蓮二郎？」

切間は死刑宣告を受けたような顔で頷いた。

「久しぶり……今戻った」

村人たちは嘘のように表情を緩めて、俺たちを迎え入れた。

砂浜から港に上がる間も村人に取り囲まれて景色がほとんど見えなかった。切間に呼びかけた女は黒い顔に目が埋もれるほど笑った。

「何年ぶり？　十年以上かね？　死ぬまで会えないかと思ってたわ。連絡もよこさんで急に来るんだから」

「悪い。急な仕事で来た」

「何、帰省じゃないの。うちには犯罪者なんていないけど」

「刑事の仕事はそれだけじゃない」

切間は凄絶な顔のまま相槌を返す。俺は切間に耳打ちした。

「このひと誰だ？」

「……俺の母親だ」

母子の関係がいいものではないのはすぐに想像できた。親というより、村全体か。俺はわざとどうでもいいことを話す。

「二郎ってことはあんた次男か？」

「いや、長男だ……先に生まれるはずだった子どもは流産だったらしい」

「へえ、変な名前」

切間はようやく唇の端を吊り上げた。村人に押されながら、だんだんと坂道を上がっていく。潮の匂いが薄くなり、木々に囲まれた林道になっていくのがわかった。真後ろの冷泉は黒い肌の群れに掻き消されてほとんど見えない。切間の母親は先頭を進みながら息子に呼びかける。

「他のふたりはどういうひとね」

「職場の人間だ」

「へえ、そう。刑事には見えんけど」

女は一度も俺と冷泉を見ず、切間以外に話しかけもしない。村人は黙ったままぞろぞろとついてきて、葬列のようだと思った。

坂道を上がりきったとき、急に村人が左右に分かれて視界が開けた。異様な光景にぞっとする。林を切り拓いた土地のど真ん中に、物凄い力で四つに砕いたような石が置かれていた。枝葉の影を浴びて黒く染まった石は、無惨な断面を広げている。四つの先端に注連縄が巻かれ、四方に聳える卒塔婆じみた柱に繋がっていた。柱には各々「切間」

「上戸（うえと）」「桝（ます）」「江里（えさと）」と書かれていた。

「切間……」

　俺は口の中で言葉を繰り返す。切間の母親が息を吸った。唇から口笛のような吐息が漏れる。女は弓のように身を反らして絶叫した。

「切間の子が帰りましたよぉ！」

「帰りましたぁ！」

　左右の村人が割れんばかりの声を上げた。帰りましたを何度も復唱し、絶叫が林を揺らす。俺は度肝を抜かれて周囲を見回す。何だこいつらは。冷泉も冷や汗をかいている。切間だけは沈鬱（ちんうつ）に母親を眺めていた。女は身を反らしたまま叫ぶ。

「今のおうず様はもうすぐ身罷（みまか）られます！」

　意味のわからない言葉を村人が繰り返す。切間がはっとして顔を上げた。

「あんなに神様に尽くしてくださった方が、私は哀しい！」

「私らも哀しい！」

　女が顔を震わせながら、目と口をかっぴらいて泣き声のような真似をした。村人も哀しみの欠片（かけら）すら見せずに泣き真似を繰り返す。乾いた慟哭（どうこく）が林を震撼（しんかん）させた。切間が嫌がっていた理由がようやくわかった。この村は異常だ。

二

永遠に続くかと思われた狂騒が終わり、俺たち三人は切間の生家に招かれた。俺はまだ放心状態だった。絶叫が鼓膜に残っている。割れた石と切間の名字が書かれた柱、村人たちの声。妙な神や人間がいる村は嫌というほど見たが、ここまでおかしいのは初めてだ。切間は本当にこんな村で育ったのか。淡々と前を歩く女は太眉と吊り目だけは確かに切間に似ている気がする。

辿り着いた家は、巨大な木造の家屋だった。屋根には白く乾いた精液のような汚れがついている。潮風のせいだろうか。手入れされた生垣を見上げ、冷泉が言った。

「ヒメユズリハですか」

切間の母は初めて息子以外を見た。

「よくわかりますね。潮風に強いからうちの村はみんな植えてますよ」

傾きかけた扉をがたがた言わせる女に代わって、切間が扉を開けた。

「あんたがやるとすぐ開くんだから。恩知らずな扉だこと」

汗を拭きながら家に上がる女の後ろ姿だけは普通の母親に見えた。家はやけに広かった。玄関から気が遠くなるような黒い廊下が延びている。両端の襖も数えきれないほどあった。靴を脱ぎながら、汚れたスニーカーが場違いに思えて隠すように隅に置いた。

「素麺でいいね。蓮二郎、あんたも手伝いなさい。おふたりは客間で休んでて」

　女は小走りに廊下を進みながら、足も止めずにひとつの襖を開け放った。切間は俺の肩を軽く叩いて、母親と奥に消えた。客間は磨りガラスの窓を閉め切って、空気が澱んでいた。火葬場の待合室のような静かで重苦しい空間だ。純和風の部屋に取り付けられたエアコンだけが現代的で異質だった。冷泉はさっさとテーブルの横に並んだ座布団を取って座った。俺も隣に胡座をかく。

「やべえ村だよな」

「ええ、漁村にはもう少し明るいイメージがありました」

　冷泉がスカートを広げて足を組み替え、俺は目を逸らした。

「なあ、この家すげえ金持ちだよな」

「村の有力者なんでしょう。あの柱に名前が書かれてました」

「銅像を建てるみたいなもんか？　卒塔婆みてえだったけどな」

「確かに」

　冷泉はテーブルの端をなぞって、指についた汚れを眺めた。

「姑みてえなことすんなよ」

「あらまだこんなに埃が、って？　違いますよ。砂です」

　指の腹についているのは確かに薄茶色の砂だった。

「潮風がすげえらしいし、砂も入ってくるんだろ」

「そんな小説がありましたね」

「知らねえ」

「砂漠の村を訪れた男が村人に捕まって、穴蔵で暮らす羽目になる話ですよ」

「嫌なこと言うなよ」

襖が開き、ガラスの器を持った切間と盆を持った母親が現れた。切間の器には大量の素麺が、母親の方には天ぷらが盛られている。素麺には缶詰の蜜柑(みかん)が載っていた。

「すげえ、飯に果物載せんだ。金持ちは違(ちげ)えな」

「阿呆(あほう)か」

切間は俺を小突いて、器をテーブルに置いた。冷泉が首を伸ばす。

「奥様は？」

「まさか。余所(よそ)のひとと一緒に食べんわ。お父さんも起こさなきゃいけないし」

切間が横目で母親を見た。

「親父は？」

「昼寝中。夜はお祭りの準備があるから」

「祭りはいつだ？」

「おうず様が身罷られたらすぐに。次は上戸だからあっちのひとにも声かけんと」

女は天ぷらを置いてさっさと踵(きびす)を返した。切間は俺たちに箸(はし)と器を渡してから、向かいに座った。

「悪いな。いかれた村だろ」

「あんたのせいじゃねえよ」

「おかしいのは認めるんですね」

俺が睨むと冷泉は肩を竦めた。俺たちは素麺を啜る。蜜柑を麺つゆにつけていいのか迷って、結局浸すと、塩辛いのと甘いのが混じって後悔した。冷泉はわかめの天ぷらを齧って言った。

「そろそろ村について聞かせてもらえますか」

切間はまだ素麺が浮かぶつゆの容器を押し退け、端の灰皿を寄せた。

「詳しくは知らない。全貌を知ろうとせずに逃げた、俺の責任だ。それに、村の中にいたら気づかない偏見や思い込みもある。だから、全部信用するな」

切間はライターを擦って煙草に火をつけると、眉間に皺を寄せ、祈るように煙を眺めた。

「この村は大昔から四つの家が祭事を取り仕切っている。俺の家と、上戸、桝、江里だ」

「あの石のところの柱に書かれてた名前だよな」

「祭事とは何ですか？　祭りがあると言っていましたが」

「仕事で来た時点で想像はついてると思うが、村ではある神を祀っている。呼び潮の神。荒波を鎮め、豊漁をもたらす。よくある話だ」

「俺らの仕事ってことは、よくある話じゃねえ部分もあるってことだよな」

「呼び潮の神の神託を聞くための神主のような存在がいる。おうず様と呼ばれているが」

「うずって、渦巻きのか？」

冷泉が口を挟んだ。

「貴い、立派なという意味もありますよ」

「両方の意味だろうな。祭りの最後は次のおうず様に選ばれた人間を渦潮のところへ連れて行くんだ。そして、おうず様になった者は神の使いとして村人と一切の関わりを絶たれる」

「神秘性を守るためですね」

「きなくせえな」

冷泉が箸を置いた。

「次の、ということは、おうず様は交代制なんですか」

「ああ。先代が死ぬと、四つの家の中から順番に選出される。俺が村を出てからも変わってないなら……今は江里家の人間だ」

切間は痛みを堪えるような顔をした。素麺が腹の中で膨らんで、これ以上食う気がしなかった。俺も煙草を取り出すと、冷泉が横から手を伸ばした。

「いいですか？　船に乗る前買い忘れてしまって」

「いいけどよ。ひとに煙草盗られんのは初めてだ。俺は盗る方だったから」

「貴重な経験ですね」

「馬鹿かお前ら」

　切間はやっと眉間の皺を薄くする。この村に来てからずっと辛そうだ。かける言葉は浮かばなかった。冷房の風が三人分の煙を攪拌した。天井の木目に煙を吹きつけながら、冷泉は言った。

「祭りはどういった手筈で行いますか？」

「村人が注連縄を持って、鈴を鳴らしながら、次のおうず様になる人間を海の洞窟まで連れて行く。そこからはごく一部の人間しかついていかないから最後までは不明だが……」

「充分です」

　冷泉は長い髪を払った。

「呼び潮の神は生と死に深く関わるもののようですね」

「何故そう思う？」

「村はヒメユズリハを植えていると聞きました。古葉が落ちる前に新しい葉が開くことから世代交代による存続と結びつけられる植物です」

「おうず様と同じか」

「ええ、それに呼び潮という名。神は海に住んでいるようですから、それを呼ぶ意味もあるでしょうが、祭りで鈴を鳴らすんですよね？」

「ああ、よくあることだと思うが」

「死者を蘇生させるために耳元で名前を呼んだり鈴を鳴らす風習があります」

「それで生き返んのかよ」

「仮死状態から覚醒したただけでしょう。昔は検死などありませんから。その儀式を『魂呼ばい』というんですよ」

切間の煙草から灰が落ちた。そうか、と呟く低い声が客間に響いた。俺は首を振る。

「でも、何か全部ぼやけてるよな。結局どういう神で、何でおうず様が必要なんだよ」

「現段階ではわかりません。これからわかりますよ。ちょうど祭りがあるのでしょう」

切間は重々しく頷いた。

「部外者は入れないが、俺がいれば何とかなるだろう」

「それで本当にどうにかなんのか？」

「ならなかったら貴方の出番です」

冷泉は片目を瞑った。

「見えるひとなんでしょう？」

「……見えるだけじゃねえよ」

俺は言わなかった。切間家に来てからずっと、船で聞いた子どもの歌声が響いていることを。

三

祭りの準備は例の割れた石と柱がある林で行うらしい。また村人たちと会うのかと思うと気が滅入った。俺たち三人はどろりとした夕陽が照らす道を進んだ。村人たちに囲まれて移動したときは見えなかった村の景色がよく見えた。古い家屋や電柱や道端の錆びた廃材まで、白い塩が粉を吹いている。鬱蒼とした林道を上りきると、既に村人たちが屯していた。

「神輿も提灯もないんですね」

冷泉の言う通り、祭りらしきものは何もない。村人が地べたに座り込んで白い縄をなっていた。漁師が多いからか、慣れた手つきで大蛇のような太い縄をしごいている。村人たちは俺たちに気づいて手を止めた。黒い顔の中で浮き出す白眼は淀んだ光でこちらを見据えていた。何者だと問いただす目つきだった。俺が何か言う前に、切間が前に進み出た。村人がどよめく。

「切間の息子じゃねえか」

「訳のわかんねえの連れてきて」

切間は石像のように微動だにしない。ひとりの痩せた男が立ち上がった。漁なんかできそうもない痩せぎすの陰気な男だが、肌だけは御多分に漏れず黒かった。

「今更帰ったのか」

「江里……」

男の背後には呼ばれたのと同じ名字が彫られた柱があった。奴も四大名家のひとりか。

「切間家は暫くおうずの役目が回って来ねえから安心して戻ってきた訳だな」

「違う、俺は仕事で……」

「刑事が？　誰を捕まえる気だよ。全員か？」

「ただの調査だ」

「犯人は俺たち、被害者は村人だぜ。うちらの先祖がやったこと忘れてないだろ。神を見つけちまった。その責任は取らなきゃな」

隅にいた冷泉が目を細めた。江里が詰め寄り、切間は後退る。

「切間、腹括れや。知ってるか？　上戸の両親が海で死んだ。おうずはあいつの番だが、このままじゃお家断絶だ」

切間が青ざめた。俺はふたりの間に割って入る。江里の薄い腹を押すと簡単によろめいた。

「烏有、よせ！」

切間の静止を振り払う。江里は敵意を込めて俺を見た。

「部外者が割って入るなよ。話の内容もわからないくせに」

「わかんねえよ。でも、あんたの態度は気に入らねえ」

「烏有！」

「やめて、お祭りの前に……」

静かな女の声が響いた。柱にもたれるように女が立っていた。藍染のブラウスとスカートから覗く肌は他の村人より少し白い。切間が小さく呟いた。

「上戸……」

女は力なく微笑んだ。諦めて去った江里の代わりに冷泉が寄ってきた。

「烏有さん、すごい。チンピラですね。でも、いい感じでしたよ」

冷泉は親指を立てる。ろくでもない女だ。俺は声を潜めた。

「上戸って次のおうず様になるって奴だよな？」

「ですね。お家断絶がどうとか」

「あんた地獄耳だな」

切間と女は向かい合っていた。切間は気まずそうに俯き、上戸と呼ばれた女は無言で足元のサンダルを弄んでいる。

「何か変な雰囲気だよな」

「昔の女ってやつでしょうか」

「マジかよ」

視線を感じて振り向くと、江里始め村の連中が穴が空きそうなほど俺を睨んでいた。

冷泉はさっさと柱の方へ移動して、無遠慮に石や縄を確かめている。居心地なら切間のところが一番マシだ。俺は村人を無視してそっちへ向かった。

「蓮二郎、何年ぶり？　もう戻らないかと思ってた」

上戸という女ははにかんだ。本当に昔の女かよ。

「ああ……ご両親の件、本当か？」

「ええ、船が転覆したの。魚の加工を下請けに任せることになって、自分たちの船で村を出て。悪天候でも慣れたものだと油断したのね。弟も一緒だった」

「何というか……暮らしは大丈夫か」

「みんなが助けてくれているわ。上戸家だから」

切間の方に歩み寄ろうとした上戸の脚からサンダルが脱げて飛んだ。切間はわざわざ屈んでサンダルを拾い上げて渡す。

「いいのに」

上戸は裸足の片足を地面につけ、握ったサンダルをじっと見下ろしていた。

「聞いたでしょう。次のおうず様は私。それはいいの。私たちがやらなきゃいけないことだもの。でも……」

女はサンダルを放り捨て、切間の腕に縋りついた。

「蓮二郎、また東京に行くの？　ここに残らない？」

上戸は俺に背を向けていて顔は見えなかったが、上ずった声と切間の狼狽える表情で、えらいことになってるのはわかった。

「私がおうず様になったら家はなくなってしまう。でも、子どもがいれば待ってもらえるかもしれない」

「何言って……」

「お願い、蓮二郎。私たちは同じでしょう。東京に出ても一緒よ。私たちの家はみんな」

　つみびと、と聞こえた。俺は足元の何かにつまずいて盛大に転んだ。くそったれ。足元にあったのは注連縄だ。村の連中がまた睨んでるだろう。切間と上戸が驚いてこっちを見ている。俺は馬鹿みたいな笑顔を向けた。

「どうも……」

　女は切間の腕を放し、そっと身を引いた。周囲が篝火を焚き始め、火の粉が風に流れて来た。切間が呆れて溜息をつく。

「お前、一秒も大人しくしてられねえのか」

　ワイシャツの袖は女の手の形に皺が寄っていた。

「しっかりしろよ、お父さん。礼ちゃんには伝えとくからな」

　切間は俺の背中を強くどついた。押し出された先にまだ上戸がいて俺はぎょっとする。

「子どもがいるのね」

　女は微笑んだ。篝火の逆光を受けて、幽鬼のようだった。

「訳がわかりませんね」

　天井のしみを見上げて冷泉が言った。俺たちは切間の家に戻って、客間でテーブルを囲んでいる。敵陣の真っ只中で作戦会議をしているような気がしなくもない。

「頼むぜ、民俗学者」

「本当にわからないんですよ」

冷泉は我が物顔で俺の煙草を取った。

「普通、神に仕える役目はどんな建前であれ名誉なものとされます。でも、おうず様にはそれが見受けられない。何かの罰や使命として仕方なくやっているように見えます」

「罰ね……」

石に絡みついた縄は確かに罪人を繋ぐようだった。

「切間さん、貴方がたの家は何故村で権力を持ったのですか？」

切間は仏頂面で腕を組んでいた。

「俺たち含む四家は、昔この村に移住した余所者なんだ」

「余所者が名家に？」

「江戸だか明治の話だ。詳しくは知らない」

「明治の次って昭和だっけ」

俺が口を挟むと、切間が「阿呆か」と首を振った。冷泉が被せるように言う。

「昭和の次は何でしたっけ」

「お前まで遊ぶなよ。未来の元号なんてわかるか」

切間にあしらわれ、冷泉はショックを受けたような顔をした。妙な女だ。

「とにかく、俺たちの先祖はここに流れ着き、村にはなかった技術や漁の方法を教えたらしい。村は栄え、四家の一族は持て囃された。だから、驕った」

切間はガラスの灰皿で煙草をすり潰した。

「村人が決して立ち入らなかった禁足地、岩場の洞窟にまで足を踏み入れたんだ。そこに呼び潮の神がいた」

俺はいつの間にか口を開けていた。舌と唇が乾いていた。

「冷泉の言う通り、呼び潮の神は理解不能だ。その意思を探り、村に危害が及ばないか調べるために神託を得る存在が必要らしい」

「神を見つけた責任は四家で持ち回りという訳ですか」

「ひでえ話だよな。親が何しようとガキどもには責任ねえだろ」

切間は答えず、芋虫のように潰れた吸殻を見下ろした。冷泉が足を組み替える。

「とにかく、真相に切り込むには祭りに参加するしかなさそうですね」

切間の顔が余計に暗くなったとき、客間の襖が開いた。切間の母親が立っている。

「蓮二郎、上戸の娘さんが駄目になったわ」

「何？」

「家で首吊ってたって。医者が来た頃には息がなかったらしいわ」

切間が蒼白な顔で唇を震わせた。蛍光灯の光で照らされた切間の母親は能面のような無表情だった。こいつらにまともな情動は期待していない。だが、上戸は次のおうず様じゃなかったか。何故平然としている？　冷泉が口火を切った。

「では、お祭りは？」

聞きにくいことを平気で聞くやつだ。切間の母親は無表情のまま首を動かした。

「それだけどね、あなたたちの中に『冷泉』って名前のひと、います？」

四

家を出たときから怒濤の音が響いていた。違う、村人の声だ。ここに来た最初に石と柱の場所で聞いたように、村のそこら中で声を上げている。

「上戸家が途絶えてしまった、私は哀しい！」

「私らも哀しい！」

「あんなに村に尽くしてくれた御家が！」

家の垣根から、電信柱の陰から、口々に叫ぶ村人は皆目を見開いて口を震わせていた。

俺たち三人は切間の両親に先導されながら林道を進まされている。いかれた喧騒に思考が押し流されそうになるが、頭を回さなきゃいけない。上戸が死んだ。切間が気になって横目で見ると、強張った顔のまま無言で俺の隣を歩いていた。ショックだろうが、使命感で何とか奮い立たせているんだろう。そうだ、今は別の問題がデカい。最後尾の冷泉が言った。

「あの、私がどうかしました？」

切間の両親は無言で足を進める。村人の声は鴉のように響いた。林道の坂を登りきったとき、俺は声を上げた。切間の呻き声も聞こえた。

「嘘でしょう……」

冷泉が引き攣った顔で呟く。篝火に照らされた四本の柱が血を塗ったように輝いている。各々に記された文字は「切間」「桝」「江里」そして、「冷泉」だった。

「何だよこれ、悪戯か……？」

俺は自分の声が震えているのがわかった。村人は叫ぶのをやめ、一斉に冷泉を見た。切間の父親という固太りで筋骨隆々の男が俺たちに向き直る。

「そういう訳だから、冷泉さん」

「何がそういう訳だ……」

切間が食いしばった歯から息を漏らした。切間の母親は宥めるように苦笑する。

「順番は順番だから、ねえ？」

夫婦ふたりは声を上げて笑った。切間がカッと目を見開き、父親を殴りつけた。男の身体が吹っ飛び、柱に衝突する。衝撃で林が揺れ、ざわめきと同時に村人が動いた。虫の大群のような連帯感で奴らは俺たちを取り囲む。この人数を突破できる気はしない。だが、やるしかねえ。俺が拳を固めたのと裏腹に、冷泉は静かに尋ねた。

「私が次のおうず様っていうことですよね。いいんですか。余所者がそんな大役で？」

切間の母は倒れた夫と冷泉の間で視線を泳がせる。

「ええ、まあ、神様が決めたことですから」

村人は一様に頷く。冷泉は溜息をついて頷いた。

「でしたら、仕方ないですね」

嘘だろ。切間も唖然として立ち尽くしていた。村人が緊張の糸を緩めて一歩引いた。

切間の父は頰を摩りながら立ち上がった。

「話のわかるひとでよかったなあ。お前も見習えや、蓮二郎」

親子喧嘩を他人に見られた気恥ずかしげな照れ笑いがひどく異様だった。

「じゃあ、早速準備しないとね。実は上戸の娘さんと同じ時におうず様も亡くなられたんですよ。ああ、哀しい！」

切間の母に合わせて村人がまた泣き真似をする。喧騒に乗じて俺は冷泉に詰め寄った。

「何考えてんだお前！」

「私だって生贄になる気はないですよ。このままじゃ逃げられないでしょう。一旦受け入れる方が得策です。それに呼び潮の神がどんなものかわかるチャンスです」

この女もいかれてやがる。冷泉は俺と切間を呼び寄せた。

「幸い切間さんは四大名家です。祭事に関わるでしょう。頃合いを見て何とかしてください」

「何とかって言ったって……」

切間は額の冷や汗を拭い、腹を括ったように頷いた。村人たちが冷泉を呼んでいる。

奴は俺たちに耳打ちして、村人の方へ向かった。切間が声を落とす。

「烏有、浜辺から洞窟への抜け道がある。そこで待ってろ」
篝火の伸ばす村人たちの影が蠢いた。江里が淀んだ目で俺たちを眺めていた。

夜の海は巨大な黒い龍の腹のようにのたうっていた。岩場に潮が寄せては砕ける音を聞きながら、俺は切間に言われた洞窟へと向かう。海岸は途中で途切れて、波間に浮かぶ岩を渡るしかない。渦潮が怪物の目のようにふたつ並んでいた。踏み外したら飲み込まれて終わりだ。スニーカーの底に溜まった砂が水を吸い上げて鉛のように重い。俺は息を止めながら、岩の上を進んだ。

船から見えた鮫の顎のような岩場に到着した。確かに、岩の先に抉れた空間があり、洞窟が続いているようだ。激しい波の雫が散弾のように打ちつける。くそ。俺が冷えた腕を摩ったとき、洞窟の奥から足音がした。俺は息を潜めて様子を窺う。暗闇の奥で数人が板のようなものを運んでいた。板の上が盛り上がっている。担架に乗せられた死人を想像した瞬間、暗がりが明るくなった。明かりがついたんじゃない。白い着物を纏った人影が、一瞬で洞窟に溢れ出したからだ。全員微動だにせずぼんやりと佇んでいる。人間とは思えない。奴らは村人と違って何十年も日に当たっていないように色が白い。床ずれか裂傷か、潮のせいか、肌の一部が火脹れを起こしたように赤い。腕や鼻が欠けた者や目が潰れた者もいる。溺死者のような様に俤の神が頭をよぎる。だから、切間はあのとき真っ青になっていたのか。だが、白い影は皆、あの神と違って虚な笑みを浮かべている。俺は海に落ちかけて、慌てて岩の突起に摑まった。前にも後ろにもいけない。

「くそ、まだかよ……」

悪態をついたとき、波音に交じって鈴の音が聞こえた。一緒に歌声も聞こえる。大潮小潮。潮が満ちれば道は消え、潮が引いたら現れる。潮は四の尾。呼ばりて来たる。船で聞いたのと同じ歌だ。今度は子どもの声じゃない。村人の声だ。俺は首を伸ばして浜辺を見る。黒い海岸に点々と炎の赤が散って、波に揉まれる花のように上下していた。村人が篝火を揺らしているんだろう。そろそろ洞窟に入らないといけない。意を決して中を覗くと、人影は消えていた。

洞窟の壁を舐めるように炎の色が忍び出した。足音と鈴の音と歌声が反響し、途中で途絶える。村人が壁に松明をかけたらしい。じゅっと音がして、洞窟が照らされた。地面の潮溜まりに村人たちの足が映る。奴らの中心に、白い着物に着替えた冷泉がいた。俺が見た人影と同じ服だ。俺は切間を捜して視線を巡らせる。村人の先頭に、江里と並んで切間がいた。切間の母の声がこだまする。

「ちょっと冷たいですけど、大丈夫ですよ。すぐ引き上げますからねえ」

潮溜まりの中に古い注連縄が浮かんでいるのが見えた。凝視すると、地面には等間隔で錆びた楔が打ち込まれていた。引き上げるという言葉と、罪人のように囲まれた冷泉を見て、嫌な想像が浮かんだ。あの縄にひとを括りつけて、海に放り込む。渦潮に巻き込まれ、錐揉みにされ、泡を吐いて溺れ死にかけたところを村人が引き上げる。だが、何でそんなことを？　村人は持ってきた注連縄を地面の楔に繋ぎ始めた。俺は静かに足を進める。ふと、切間と何の合図も決めてないことに気づく。あの野郎はそういうところが杜撰だ。いつ飛び出せばいいのかわからない。耳をそばだてると、微かな声がした。江里が隣の切間に何か囁いている。

「切間、お前またろくでもねえこと考えてんだろ。やんちゃもいい加減にしろや。俺の弟のときも隠れて洞窟まで来やがって。神が出たらどうする気だった？」切間の顔が篝火の反射に照らされる。

江里家は先代のおうず様を出したという。こいつの弟か？

「俺はお前みたいには生きられない」

その言葉と同時に、洞窟に雷鳴が轟いた。注連縄に取りついていた村人が慌てふためく。呼び潮の神が現れたのかと思ったが、違った。

「全員、動くな！」

切間はいつから持っていたのか、拳銃を天に向けていた。洞窟の天井から石の欠片と潮水が降り注ぐ。思わず笑いたくなるのを堪えて、俺は一気に洞窟を駆け抜けた。

「お前ら！」

切間の父親が村人を呼びつけるより早く、俺は疾走した勢いで奴の腹に膝蹴りを喰らわした。この野郎が思い切り吹っ飛ぶのは今日二回目だ。

「災難だな！」

着物姿の冷泉を囲む奴らを体当たりで蹴散らす。奥から慌ててやって来た村人を切間が銃で牽制した。

「何つー合図だよ、切間さん!」

切間は唇の端を吊り上げる笑みを浮かべた。冷泉は怯えた顔をしていた。捕まったときはビビってなかったのに。もうひとり、同じ顔をしている奴がいた。江里は俺たちの奥の海を見つめ、蒼白な顔をしていた。そのとき、鳴り渡った咆哮が五感を全て塗りつぶした。気が遠くなる。洞窟に向かう前に冷泉に耳打ちされたことを思い出した。

——伝承が少ないから、理解不能なんじゃない。きっと呼び潮の神は人間が認知してはいけない存在なんですよ。

五

四本の指が、脳に直接滑り込んできたかのようだった。頭蓋の内側をなぞったかと思うと、激痛が走った。キンとした鋭い痛みと、ざらついた指の腹が無遠慮に掻き混ぜる鈍痛が同時に走る。息が喉の奥で詰まって叫びすら出ない。自分の呼気で窒息しそうだ。何かが侵入してくる。俺はのたうち回ることしかできない。涙と唾液と鼻水で視界が曇る。白い波飛沫の向こうにいるものを見たら終わりだ。そう思っているのに、四つ指は俺の脳からゆっくりと眼窩の奥に下る。硬い爪の先が目蓋を内側からこじ開けた。頭の中の指と同じ、四股の何かがいた。

「潮は、四の尾……呼ばりて来たる……」

歌声が聞こえた。それが俺の声だと気づいたとき、頭の中で何かが弾けた。

気がつくと、白い靄が晴れ、洞窟の薄暗がりが広がった。喉が焼けるようにひりつき、吐き出した息と共に胃液が口から溢れた。酸の匂いと苦い味。最悪だったが、まだ五感はある。頭の中の指の感触はもう消えていた。俺は口元を拭って辺りを見回す。村人たちが皆さっきまでの俺のように頭を抱えて転げ回っていた。天井から潮水が滴り、松明の火を消した。

「切間……冷泉……」

潮溜まりの中にふたりが倒れている。這い寄って肩を揺らすと、切間と冷泉が目を覚まし、同時に嘔吐した。

「何だったんだ、今のは……」

切間が声を震わせながら呻いた。

「呼び潮の神、でしょうか」

白い着物をびちゃびちゃ言わせて冷泉が立ち上がる。

「お前ら、何してくれたんだ」

振り返ると、江里が壁に手をついて身を支えていた。奴の筋張った喉が別の生き物のようにしきりに動いていた。

「おうず様を作ったらとっとと帰らなきゃ終わりだってのに、全員見ちまったじゃねえか」

江里の背後で四股の何かが蠢いた。

「見るな！」

切間が鋭く叫ぶ。頭痛がまた襲ってきた。俺は固く目を瞑る。闇の中で背中に熱い手の感触を感じた。薄目を開けると、切間が右手で俺と冷泉の襟首を掴み、左手で江里の腕を掴んでいた。馬鹿力だ。

「走るぞ！」

俺は引きずられながら洞窟の外へ駆け出した。冷たい空気と砕ける波が打ちつけ、ようやく吐き気が治まる。両脚を置いておくのがやっとの足場に俺たちは立っていた。

「おうず様も神もこの村も、何なんだよ！」

俺が叫ぶと、江里は髪から雫を落として俯いた。

「お前らも見ただろうが。何かなんてわからねえ。出てきただけでみんないかれちまう。理解不能な太古の神だ」

切間が鬱々とした声を漏らした。

「ガキの頃も一度見たことがある。覚えてないんだと思ってたが、違う。理解できなかったんだ」

「俺の弟を追っかけてきたときだったな」

江里の苦笑いに波音が重なった。冷泉は濡れた着物を張りつかせて震えながら言った。

「見ただけで発狂するような神……放置できないけれど、常人にはなす術がない。だから、敢えてまともな状態ではないひとを作ったんですね？」

江里が頷いた。俺がどういうことだと聞くと、冷泉は頰を引き攣らせて笑った。本当に怯えたとき、人間は笑うものかもしれない。

「あの注連縄、見たでしょう？　あれにひとを繫いで海に放り込み、溺れかけたところを引き上げて、を繰り返す。酸欠になると脳細胞が破壊されます。そうしてできたのが、おうず様なんですよ」

俺は涸れた喉から無理矢理声を絞り出す。

「最悪じゃねえか……」

切間は俺たちの誰よりも酷い表情で江里を見ていた。

「知ってたのか？　知っててあいつを？」

「しょうがねえだろ。誰かがあの神を見張らなきゃならねえんだ。奴が移動したらどうする？　村どころか日本中終わりだぜ」

切間の目は今にもひとを殺しそうだった。クソ真面目な男がそんな顔をしてるのは見たくない。俺は波音に負けないよう強く手の平を打ち鳴らした。

「田舎モンどうしの喧嘩は後でやれよ。問題は今どうするかだろ」

俺は馬鹿なチンピラらしく声を荒らげる。実際その通りだから気楽だ。

「呼び潮の神ってのは、神主のおうず様がいりゃ満足なんだよな？　俺が行く」

切間が俺の肩を摑んだ。

「何考えてる！　おうず様がどんなものかわかっただろ。お前まで……」

「大丈夫だろ。俺は幽霊や化け物が見えるんだ。まともじゃねえだろ」

切間は言葉を詰まらせた。馬鹿真面目な、見慣れた顔だ。冷泉が呟いた。

「烏有さんならいけるかもしれません」

声は訳のわからない自信に満ちていた。やっぱり変な女だ。俺は切間の手を振り解く。

「俺が何とかするから、お前らは逃げる算段整えてくれよ。船を待ってたんじゃ朝までどん詰まりだ」

切間が何か言うのを無視して、俺は岩場を渡り、洞窟に向かった。洞窟に吹き抜ける潮風に、胃酸と嘔吐物の匂いが混じっている。村人たちは潮溜まりの中でまだ蠢いていた。俺は神を迎えるように岩の上に正座した。洞窟の奥にゆらりと動く四股が見える。頭痛はさっきより軽い。四股が近づいてくる。洞窟に薄い光が満ちた。白装束の群れだ。ほらな、俺には幽霊が見える。呼び潮の神にはおうず様が必要だ。俺なら、呼べる。小さな影が立っていた。痩せぎすの小さなガキに見えた。押したら折れそうな細い背中が俺を庇うように、呼び潮の神の前に立ちはだかっていた。大潮小潮。歌声が聞こえる。その子どもが歌ってるんだとわかった。四股が動きを止め、静かに退いていく。頭痛が消えた。小さなおうず様が俺を振り返った。日に焼けた、干物みたいなガキだった。何となく、俺に似ていると思った。奴は俺の後ろを眺め、家族や友だちを見つけたみたいにふと微笑んだ。俺が振り返ったとき、騒がしいモーター音が洞窟に響いた。

眩しいライトが洞窟の壁を無遠慮に舐め回す。岩場の抜け道から見える海に、波を蹴散らすデカい漁船があった。

「乗れ！」

船から身を乗り出すのは江里だった。後ろに切間と冷泉もいる。おうず様たちは消えている。俺は一気に洞窟を駆け抜けた。船に飛び乗ると、横転しそうなほど揺れた。

「馬鹿が、沈める気か！」

運転席の江里が怒鳴る。落ち着く暇もなく、船が発進した。勢いで吹っ飛ばされそうになりながら船端にしがみついていると、切間が近寄ってきた。

「烏有、無事か！」

「おう」

「一体何をした？」

「おうず様を呼んだんだよ。新しく作らなくても前の奴らがいりゃ何とかなる。その場しのぎだけどな。小さいガキが出てきてくれた」

切間は息を呑み、掠れた声で言った。

「そいつは……何か言ってたか？」

「いや。でも、嬉しそうだった」

切間は答えず、目を瞑った。運転席の江里の肩が小さく震えた気がした。

船は進み、鮫の顎のような岩場が遠のいていく。自動操縦に切り替えたのか、江里がこっちに来た。切間が顎を引く。

「助かった」

「冗談じゃねえ。俺はもう村には戻れねえや」

「意外だよな。あんたは村の風習にどっぷりかと思ってたぜ」

「諦めてただけだ。諦めてても、いいとは思ってねえよ」

江里はまた背を向けて操縦席に戻った。俺は甲板に座り込んだ。冷泉は切間のスーツの上着を肩にかけて座っていた。

「着物で帰る羽目になるとは。お化け屋敷から逃げてきたみたいですよ」

「実際そうだろ」

「今までどんなお化け屋敷に入ってきたんですか？」

冷泉は気丈に笑う。俺と切間は冷泉を挟んで座った。

「なあ、何で俺なら大丈夫だって思ったんだよ」

「江里さんが太古の神と言っていたでしょう」

冷泉は遠い目をした。

「民俗学で既存者という概念があります。村を見張り、逸脱者に厳しい罰を与える原初の神。村八分のような連帯責任の意識はそこから生まれたとか」

「それで？」

「村人は不幸があると一斉に同じ反応をしたでしょう。まるで神に見せつけるように」

村人の合唱が頭に浮かんだ。切間が眉根を寄せる。

「呼び潮の神は村に連帯責任を負わせる神だと見込んだのか？」

「はい、実態が違っても信仰が神を作りますから」

話が見えてこない。俺が焦れているのに気づいたのか、冷泉は微笑んだ。

「神が責任を負わせることができない者は生贄にできないと思ったんです」

「余所者ってことか？　でも、上戸が死んだ後、柱にお前の名前が出たぜ」

「そこです。烏有さん、本名ですか？」

「おう、戸籍売っちまったけど」

「そのせいですかね。いえ、違う……」

冷泉は少し考えてから言った。

「烏有という名字は存在しないんですよ」

俺は馬鹿みたいに繰り返す。

「存在しない？　どういうことだよ」

「わかりません。でも、そんな名字はないんです」

意味がわからない。隣の切間は無言で俯いていた。雲が夜闇を押し流し、空の色が薄くなる。

朝靄で烟る港が近づき、船が停まった。切間が江里に尋ねる。

「これからどうする気だ」

「さあな。知り合いの漁師のところに行ってしばらくその日暮らしだ。村にいるよりマシだろ」

江里は振り返りもせずに船着場に降りた。後ろ姿にあのおうず様の背中が重なった。

俺たちも船を降りる。緑のシートがかかった隣の船からざらついたラジオの声が流れ、冷戦がどうとか、水爆がどうとか告げていた。冷泉が着物の裾を絞る。

「流石にこれじゃ帰れませんね。本部に連絡して迎えに来てもらいましょう」

さっき冷泉に言われたことで頭がいっぱいで、逆に何も考えられない。すっからかんだ。盛大に吐いて胃の中も空なことを思い出す。

「腹減ったな」

「よく呑気でいられるな」

切間が呆れた声で言った。淡色の層になった空の下に、鯛焼き屋の屋台があった。

「あれくらいなら買えますかね。村に財布も置いてきたので奢ってください」

「またタカリかよ！」

切間はこめかみを押さえた。

「店主が来たらな。土産も買っていくか。礼はつぶあんしか食わないんだ。売ってるといいが」

「あんたも呑気じゃねえかよ」

空元気だとわかっていたが、敢えて切間の背中をどつく。切間は唇の端を吊り上げた。

波の音が静かに響いていた。子どもの歌声はもう聞こえない。

そこに在わす神

RYOU-KAI-SHIN-PAN

There are incomprehensible
gods in this world who cannot be called
good or evil.

序

「領怪神犯の持続可能な治安保護機関としての利用に関する草案」

三原　凌子

《資料六》領怪神犯の実験的使用例

・まだらの神

某村にて確認。高さ四メートル直径一メートルの円柱と記録されていた。実態は巨大な座敷牢（ざしきろう）に似た形態の領怪神犯であった。神秘に近い存在の収容を権能とし、過去に二十四名の人間と二柱の未確認存在の収容を行ったことが明らかとなる。領怪神犯の収容を目的とした実用を承認、稼働済。

・知られずの神。

某村山間部にて確認。※備考：新興宗教「黙（もだ）しの御声（みこえ）」旧施設跡地に位置する。長らく詳細が確認できず、観察のみの処置を行っていたが、神体を認知した人間を抹消する権能を持つことが発覚した。領怪神犯の隠蔽を目的とした人的措置における実用を承認、稼働済。尚、知られずの神に抹消された者に関する記憶は周辺人物から消えるが、その完全性は不確実である。対象人物が完全に抹消されないケースについて、写真、書類などの個人の記録が関係する他、対象人物が神秘に近い存在であった場合、又は領怪神犯と何らかの関係性を持っていた場合、その完全性が減少すると推測されている。引き続き調査中。

・這いずる神

某村沿岸部にて確認。蛇頭の神。神秘に近い存在を認知した場合、巨大な帯状のものが這うような音を立てる。領怪神犯の発見を目的とした実用化を検討していたが、地中に十五キロメートルの胴体を隠し持つことが明らかとなる。這いずる音は胴体の移動に伴う音で、蛇頭部分で神秘に近い存在を捕食することが判明。また、体長を増幅させる特徴を持つ。実用化を断念、まだらの神により収容済。

・桑巣の神

某村にて確認。白い繭形の本体と、絹糸に似た無数の触腕を持つ。人間に危害を加える領怪神犯や神秘に近い人物を抹消する権能を持つことが確認される。領怪神犯の破棄を目的とした実用を打診するものの、対策本部員、切間蓮二郎、冷泉葵両者の強い反対により、正式な運用は未定。既に某村にて俤の神に対する実験的稼働済。

・件の神

某村にて確認。人頭に牛に似た胴体を持つ。元は歩き巫女の一部の間で信仰されていた。その特質上、固有の場所に留まらず、神秘に近い人間の前に現れる特異性を持っていたと記録される。江戸後期から明治初期にかけて、某村にて歩き巫女の系譜を持つ祈禱師・烏有家が件の神を祀る形に移行した。未来を予知する権能を持つことが確認される。対策本部員、烏有伯郎の協力の下、領怪神犯の発見と収容を目的とした実用を承認。正式に稼働するものの、予知の不確実性が増加した。これを機に烏有家内で反対の風潮が高まり、稼働を断念。烏有家には人的措置を行った。分家の存在が確認されていたが発見できず。現在も収容中。

追記：烏有の分家の末裔と思われる、烏有定人を対策本部に招集。彼の処遇は未定。

・そこに在わす神

某村にて確認。古民家の引き戸のような形状を持つ。平安から神事に携わる宮木家が所有する神社の戸だったと記録される。宮木家の協力の下、収容済。戸を通った者は外からはただ出入りしただけのように見えるが、一日間巨大な御堂のような空間で過ごした記憶を持って出てくるという特徴を持つ。それ以外の権能は不明。件の神が「国を揺るがすほどの変革を起こす」と予言した領怪神犯であるが、その兆候は全く見られない。

領怪神犯は日本国の持続可能で有効な資源である。

〝この資料は厳重保管の下、閲覧を禁止する。

切間さんの言った通りだ。俺たちは何もかも間違った。

神々は、人間の手には負えない。〟

一

東京は雨が降っていた。対策本部室の窓に大きな雨粒が張りついて、雫の中に街路を行き交う人間と車が凝縮されていた。夏の雨は嫌いだ。八月だってのにクソ寒くて騙し討ちを食らった気分になる。コーヒーでも飲もうと思ったが、俺ひとりじゃポットの場所もわからない。今日は誰もいない。他人の家で留守番してるみたいだ。

「こんなに働いてるのにまだ部外者かよ……」

口に出すとさらに疎外感が増す。あの言葉が頭から離れない。烏有という姓は存在しない。親父やお袋が偽名を使ってたとは思えない。じゃあ、どういうことだ？　ノックもなしにドアが開き、切間が現れた。

「いたのか」

「俺しかいねえよ。みんな何してんだ」

「さあな。また神を使った悪巧みだろ」

切間は肩を竦めた。上の奴らとは相当反りが合わないらしい。切間は「冷えるな」と呟いて、赤と黒の花柄のポットを出した。凌子の趣味だと思った。ポットが緩く噴き上げる湯気で、対策本部室が霧のように霞んだ。切間はいつも通りだ。故郷の村のイカれっぷりを目の当たりにして逃げ帰ってから、数日しか経ってないのに。俺は机に頬杖をついて呟く。

「この間は大変だったな」

「お互い様だろ」

「冷泉は？」

「病院に行かせたが問題ないそうだ。もうすぐ来る」

「江里だっけ、俺らを逃した奴は？」

「無事だ。村の人間に知られないように逃げて、今は友人のツテで東京にいるらしい」

「あいつ友だちいるのかよ」

「思っても言うもんじゃないぞ」

素気ない答えだが、裏でいろんな葛藤を押し殺しているのはわかる。俺はパイプ椅子に座って窓を眺めた。俺が取調を受けたときの椅子だった。夏の始まりにここに来てから、全てが変わった。ほとんど知りたくないことばかりだったが、悪くないことも少しはある。ポットの湯が沸騰した。

「なあ……俺の名字は存在しないって本当か？」

切間が目を伏せる。そのとき、扉が開き、資料を抱えた冷泉が入ってきた。

「気まずい雰囲気ですね。お邪魔でしたか」

冷泉は顔色もよく、村での一件はちっとも堪えてなさそうだ。

「入ってくれ。ちょうどその話をしてたところだ」

切間は冷泉が両手で抱える資料を顎で指した。机に灰皿と、コーヒーが湯気を立てるマグカップと、古書からバインダーまで交ざった本の山が並ぶ。冷泉は俺と切間の向かいに座った。取調を受けたときは、俺が今の冷泉の立ち位置だったなと思った。

「さて、烏有さんの件ですね。改めて調べましたが、やはり烏有という名字は存在しません。切間さんもご存知では？」

「本当かよ」

切間は腕を組んで頷いた。

「以前、お前の戸籍を調べたときに知った。混乱を招くだけだから言わなかった」

「何で調べたんだよ。余罪はもうねえぞ」

切間は呆れた顔をした。冷泉が小さく笑う。

「言ってなかったんですか？　烏有さんが売り飛ばした戸籍を買い戻すか、作り直そうとしていたんですよ」

「……何で？」

切間は大きく息をついた。

「戸籍がなきゃまともな就職口もないだろうが。お前はまだ若い。ここから解放されたら少しはまともに生きろ」

俺はコーヒーに映る自分が、馬鹿みたいに口を開けてるのを見下ろした。

まともに生きられるとも、そのために無償で手を貸してくれる奴がいるとも思ってなかった。切間はそんなことを考えてたのか。

「……どうも」

軽く頭を下げると、切間に脛を蹴られた。どういう感情かわからない。冷泉はコーヒーを一口啜ってから、ミルクと砂糖をぶち込んだ。スプーンがカップの底を擦る音が勿体ぶって響く。冷泉は指を立てた。

「本題に戻ります。では、何故存在しない名字を名乗っていたのか。存在しないのではなく、昔は存在していたのに抹消されたのかもしれません」

切間が息を呑む音が聞こえた。

「どういうことだよ……」

冷泉は机上の本の山から、和綴の今にも解けそうな古書を引き抜いた。

「烏有という姓が現れる資料が二冊だけありました。各地の民間伝承の記録です。それによれば、烏有は歩き巫女の一族だとか」

「歩き巫女？」

「神社に所属せず各地で祈禱や口寄せを行う、旅芸人に近い巫女です。しかし、烏有家は江戸後期にある地で定住し、神を祀るようになったそうです」

冷泉は本を開いて見せたが、筆文字は全く読めなかった。

「その神は、歩き巫女たちに信仰されていた件の神だそうです」

パイプ椅子が軋み、切間が身を乗り出す。

「それ、切間さんがこの前言ってたやつだよな」

「……俺が所属する前から、対策本部が収容していた領怪神犯だ。未来を見通す権能を持っていた」

凌子から聞いた話がフラッシュバックした。対策本部は既に神を利用している。それが、俺に関わる神だったのか。冷泉は煙草を取り出して火をつける。

「対策本部の上層部はいくつかの神を利用して、領怪神犯を発見したり、収容したりしているんですよ。私と切間さんはずっと反対していますが。件の神もそのひとつです」

「へえ……」

俺は煙草の箱から一本抜き取る。冷泉が咎めるような顔をした。

「前の貸しがあるはずだぜ」

「お前、この話を聞いた後でよく……図太いな」

切間が眉間に皺を寄せた。ふと、あのとき凌子にはぐらかされた疑問を思い出した。

「その神は今……？」

「件の神は徐々に意味不明な予言を繰り返すようになり、利用価値がないと判断されたようです。今頃飼い殺しでしょうね」

「その、意味不明な予言って？」

「第三次世界大戦で日本が滅ぶという予言ですよ」

突飛な話で何も言えない。切間は煙草を歯に挟んだ。

「今の冷戦の激化を思えば、誇大妄想とは言えないな」

「そうですね」

冷泉は微笑してすぐに打ち消し、バインダーを引き寄せた。

「これがもうひとつの資料です」

冷泉が掲げたのは、領怪神犯対策本部と記された紙束だった。ゴシック体のフォントの上から厳重保管と赤い判を押してある。切間が眉間に皺を寄せた。

「持ち出したらまずいんじゃないか」

「まずいです。冗談抜きに凌子さんに見つかったら消されます。ですから、内密に」

「そんなにやべーのかよ」

「やべーのです」

資料じゃなく、凌子がとは聞けなかった。冷泉は資料を開く。今度は俺にも読めた。

長い爪が件の神の頁を指す。

〝対策本部員、烏有伯郎の協力の下、領怪神犯の収容を目的とした実用を承認。〟

「烏有……」

俺の家系の奴が対策本部にいたのか。俺は視線で次の項を追う。

〝これを機に烏有家内で反対の風潮が高まり、稼働を断念。烏有家には人的措置を行った。〟

「この人的措置って何だ？」

「わかりません。ですが、これを見る限り確かに烏有という名字の人間は存在していた。今は存在してないことと関わりがあるかもしれませんね」

頭がパンクしそうだ。俺の家に一体何があったんだ。

「何か俺、相当やべーんじゃねえか」

「やべーです」

「お前ら緊張感を持てよ」

灰皿の縁で灰を払う切間に、冷泉が向き直った。

「やべーのは切間さんもですよ」

「何？」

冷泉は一枚の紙を抜き取った。

「貴方の登録名、旧姓のままです。戸籍も調べさせてもらいましたが独身扱いになってました。ちゃんと婚姻届出しました？」

切間は目を見開き、長考の後言った。

「嫁の父親が役所に出した……」

全てが停滞した沈黙の中、煙だけが流れた。

問題が山積みのまま、俺たちは建物を出た。雨はまだ降っている。冷泉は傘を広げた。

「私に調べられるのはここまでです。後は頑張ってください」

「おう、ありがとうな」

冷泉が何かを投げた。慌てて受け取ると、煙草の箱だった。

「こちらこそ、煙草ありがとうございました。では、さようなら」

ビニール傘に流れる雨が、手を振る冷泉を霧のように霞ませた。俺は煙草のパッケージを見つめる。

「意外と重いの吸ってやがる。やっぱり変な女だ」

切間は冷泉の後ろ姿を眺めていた。気づかれないうちに傘立てから適当な傘を盗ろうとすると、切間はめざとく見つけて俺を小突いた。

「まともに生きろっつっただろうが」

切間は黒い傘を広げ、半分俺に傾けた。俺は身を屈めて入り、駅に向かう道を辿る。

激しい雨音が殴打のように響いた。

「まともに生きろはあんただろ」

いつもより遅く歩きながら、俺は呟く。

「宮木家に利用されてんじゃねえの。いつでも使い捨てられるように」

「かもな」

切間の横顔は娘を背負っていたときと同じだった。それでもいいとまた言うんだろう。

交差点で止まると、目の前の駅から溢れたひとの波が対岸に押し寄せた。切間が呟いた。

「神、空にしろしめす。なべて世は事もなし、か」

「何だそれ」

「神様がいて今日も何事もありませんってことだ」

「何ともないと思い込んでるだけだろ」

「もしくは、そう言い聞かせてるか」

傘からはみ出した俺の肩を雨が濡らした。藍色の空が変わらない東京に広がっていた。

翌朝も雨が降っていた。対策本部室に入ると既に切間が座っていた。

「早いな、冷泉は？」

切間が怪訝な顔をする。

「何？」

「何じゃねえよ。冷泉は来てねえのかって」

「……誰の話をしてるんだ？」

俺は切間を見返す。ふざけているとは思えない。嫌な汗が背中を伝った。

「冷泉だよ！　昨日もここに来て、俺の名字が存在しないとか、あんたが事実婚だとか話しただろうが！」

「確かに話したが……お前とふたりじゃなかったか？」

「俺の頭でそんなん調べられるかよ！」

切間は困惑の表情を浮かべた。昨日の冷泉が頭を過ぎる。まるで、死ぬ人間が最後に借りを清算するように煙草を寄越した。雨に霞むあいつの顔が上手く思い出せない。

「切間さん、俺たち……」

「そんなことまで調べてたんだね」

聞き慣れた声に振り返ると、半分開けた扉の先に凌子がいた。切間が立ち上がった。

「凌子さん、何をした？」

「厳重保管の書類を持ち出すなんて、困ったひとたち」

凌子は微笑む。眼鏡の奥の瞳に光がない。

「ふたりとも、一緒に来てくれる？」

凌子の背後には、知らない人影がいくつもあった。

二

車の窓には黒いスモークフィルムが貼られていて、外の景色どころか昼か夜かもわからない。随分長く走ってるようだ。運転席の若い男と、助手席の老女は初めて見る顔だ。金持ちの婦人と愛人に見えるが、両方対策本部の人間だろう。俺は後部座席の真ん中に押し込められ、右には切間が、そして、左には凌子が座っている。

「お手洗いは大丈夫？　近くにコンビニがあるけど」

凌子は遠足の引率の先生のように気軽に言った。

「それより、冷泉はどうしたんだよ。まさか殺したのか」

「殺したら記録が残るでしょう。死体の処理も大変だし」

出来の悪い生徒に言い聞かせるような、いつもの口調にぞっとする。運転席の男が後ろに身を乗り出した。

「やっぱり本部の人間にあれを使っても意味ないですよ。僕らみんな神と関わりすぎてるんですから」

「運転中は前を見なさい」

助手席の老女が冷たく窘め、男は首を引っ込める。俺の握った拳が汗で満ちていた。

「何の話だよ。凌子さん」

「知られずの神」

無言を貫いていた切間が口を開いた。

「神体を認知した人間を抹消する領怪神犯だ。人的措置というのは、知りすぎた人間を知られずの神に消させることじゃないのか」

「切間くん、知ってたの？」

「対策本部の人員の登録数と在籍数が合わなかった。過去に何度も利用しているな。自分の旦那にも、そうだろう？」

俺は息を呑む。否定してくれと思ったが、凌子はただ微笑するだけだった。

「私の夫に会ったこと、覚えてる？」

切間は首を横に振った。

「知られずの神はね、他の神との関わりが強いひとには権能が弱くなるの」

運転席の男がまた口を挟む。

「仏教徒にキリスト教の悪魔の話をしても怖がらないのと同じですね」

「もう、梅村くん、運転に集中して……私の夫は神自体に懐疑的だった。冷泉ちゃんもそう。だから、楽だったけど、烏有くんも切間くんも出自に神が関わるから少しは違和感が残っちゃったのね」

「俺たちも消す気かよ」

「まさか。でも、規則違反は見過ごせないな。これから追加の雇用試験ってところだね」

淡々と告げる凌子の眼鏡に暗黒の窓が反射する。横の切間がスーツのジャケットの内側に手をやったのがわかる。艶のない銃底が覗き、俺は唾を呑み込んだ。車内が静まり返り、梅村と呼ばれた男がラジオをかける。臨時ニュースのようだが、音がざらついて何を話しているかわからなかった。隣の老女がラジオを止め、再び沈黙が戻った。

車が停まり、凌子が扉を開ける。外はもう真っ暗だった。広がる山道を木々が天蓋のように空を覆っている。森の中に砂色の三階建ての建造物が見えた。汚れたステンドグラスの窓が並ぶ様はホラー映画の洋館のようだ。更に、建物の背後には巨大な白い像がある。子どもが粘土で捏ねたのをデカくしたような、聖母像にも観音像にも見える、雑な神像だった。

「ここは補陀落山。昔、ある新興宗教の拠点だったの。今は私たちが使ってる」

凌子は先導するように前を歩き出した。俺と切間の背後には老女と梅村という若い男が張りついている。行くしかねえ。

行手を阻むように錆びた鉄柵が構えていた。凌子は鍵を取り出して、柵に垂れる南京錠を開ける。悲鳴のような音がして扉が開いた。慣れた手つきだ。道の両端を見渡すと、闇の中で所々に泥まみれのリュックサックやハイヒールが見えた。認知した人間を消す神。俺は奥歯を嚙み締める。梅村の声が聞こえた。

「上田さん、聞きました？　東ドイツの都市伝説、消える乗客ってやつ」

「鉄道を使った西ベルリンへの亡命でしょう」

「それが亡命者の数と失踪者の数が合わないんですよ」

「失敗して殺されたのね」

「いや、僕は向こうにも領怪神犯みたいなのがいると思うんですよね。東西が分断されて手が回らないから日本と違って野放しなんですよ」

上田と呼ばれた老女が溜息をつく。

「冷泉の受け売りね。三文記事のオカルト雑誌」

「バレましたか」

俺は道の凹凸につまずきかけ、ポケットの中で冷泉からもらった煙草が跳ねた。

昨日まで俺たりといた。それをこいつらが消した。

俺は足を止めて奴らに向き直り、梅村を思い切り殴りつけた。

硬い頰骨の感触が拳に当たり、吹っ飛んだ梅村が木の幹に衝突する。

「烏有⁉」

切間の声が聞こえた。構わず上田を突き飛ばす。梅村が起き上がるより早く、俺は奴の腹に馬乗りになる。

「マジでチンピラだな！」

「ひと殺しよかマシだ！」

振りかぶった拳を硬い手が押さえた。切間ががっちりと俺の腕を摑んで見下ろしていた。

「離せよ！」

腕はびくともしない。暗闇で切間の表情は見えなかった。

「ちょっとちょっと、喧嘩はやめて」

凌子が平然と近寄る。能面のような笑顔だ。こいつらには何を言っても無駄だ。

俺は梅村の上から降りる。凌子が奴を助け起こし、服についた泥を払った。上田は軽蔑と憎悪の表情で俺を見ていた。俺は足元に唾を吐く。切間は痛みに耐えるような表情で俯いていた。凌子は教師らしく手を叩いた。

「はい、もうみんな恨みっこなし。大事な仕事があるでしょう」

凌子の背後には古びた洋館が建っている。いつの間にか山頂に来ていたらしい。凌子は分厚い木戸を押す。埃と黴の匂いの空気が押し寄せた。

「入って？」

上田と梅村は俺を凝視していた。めでたく危険人物になった訳だ。切間が先陣を切り、俺たちはそれに続いた。

中は暗く、殆ど廃墟だった。ステンドグラスがささくれた木の床とタイルの剝がれた天井に反射する。礼拝堂じみた長椅子と机が並んでいた。元の施設をそのまま使っているらしい。薄暗がりの奥に直方体の懺悔室が聳えている。告解する神も、神に詫びるような人間もいないと言うのに。凌子が壁のスイッチを押すと、異様な光景が広がった。壁一面に紙片が張り巡らされていた。日本地図、白黒とカラーの無数の写真、古文書のコピー、隙間なく膨大な資料で埋め尽くされている。そして、礼拝堂の奥に鎮座しているのは、古びた木製の戸のようなものだった。

「切間くんならあれが何か知ってるでしょう？」

「そこに在わす神、か……」

隠し部屋がある訳でもない。どこかの古民家から取り外してきたような戸だけが垂直に立ててある。本当にあれも神なのか。

「そう、平安時代から神祇に携わる宮木家が保有していたもの。起源はもっと古いみたいだけど詳しいことはわからないみたい。ある神の予言で存在が明らかになって切間くんのお義父さんの協力で収容したの」

「件の神だよな」

俺の声に凌子は小さく目を開いた。

「それも知ってるのね」

「冷泉が教えてくれた。イカれた予言を繰り返すようになって使わなくなったんだろ」

「話が早くてよかった」

隙を見せない女だ。

「そこに在わす神は見ての通り戸の形。出入りした者は外からだとただ擦り抜けたように見えるけど、本人は一日中御堂のような空間で過ごしたと思い込むの。ただそれだけ。でも、件の神はこれを最も危険な神だと予言した。国を揺るがす存在だ、とね」

凌子はそう言って俺と切間を見た。

「私は貴方たちを消したくない。資料を持ち出したのは冷泉ちゃんでしょう？　貴方たちの責任は少ない。でも、哀しいけどこのままじゃ信用できないの」

切間は険しい顔で言った。

「調査に協力して忠誠を見せろと」

「ええ。切間くん、烏有くん、入ってくれる？」

凌子は戸を指した。上田と梅村は沈黙したまま俺たちを監視している。切間は顎を引いて頷いた。

「俺が行く」

三

「何考えてんだ、やめろよ」

詰め寄った俺を切間が制止する。凌子が苦笑した。

「どうせなら烏有くんに試してほしかったな。神が見えるかもしれないもの」

「それなら先に俺が入る。烏有は後だ。問題ないだろう」

切間はがんとして譲らなかった。どうせやるしかない。今すぐ全員殴り倒して逃げてもきっと捕まるだけだ。凌子が退き、そこに在わす神への道を開けた。上田が腕時計を見て手帳に素早く書き込む。八月二十九日、二十三時五十二分。朽ちた礼拝堂の中には澱んだ空気が満ちるだけだ。神も化け物も何も見えない。凌子と他ふたりは固唾を呑んで見守る。切間は迷わず進み、引き戸に手をかけた。

「切間さん……」

俺は無意識に歩き出していた。上田が警戒の視線を向ける。切間は戸を開けた。俺は足を速める。切間は敷居を跨ぎ、俺が辿り着く前に木枠をくぐり抜けた。俺は立ち尽くす。戸の向こうに何事もなく切間が立っている。本当にただ出入りしただけ。こちら側に戻った切間は憔悴した顔で戸を閉めた。凌子が首を傾げる。

「どうだった？」

「……確かに御堂だった。畳敷きの空間で障子で仕切られていた。窓があったが外には出られなかった」

「窓からは何か見えた？」

「何も……時間の感覚はないが随分長くいた」

切間は首筋の汗を拭い、長椅子に腰掛けた。出入りして三秒も経っていないが、切間は徹夜したくらい疲れ果てていた。

「今までと同じね。次は烏有くんかな」

「霊感詐欺師の本領発揮か」

梅村の声だ。もう一発殴ってやろうかと思う。俺は戸の前に立つ。ささくれた木の板には歪んだ木目に何か筆文字が書いてあった。くにうみ、と読めたが、意味はわからなかった。俺は戸を一気に開けた。中には何もなく、塗装の剥げた向こう側の壁が覗くだけだ。俺は深く息を吸い、敷居を踏み越えた。割れた木の板から覗く土の感触が足の裏に響く。戸の向こうの床に両足をつける。辺りを見回したが、先程の光景と何も変わらない。俺は戸の前まで歩いて戻り、傍で見守っていた凌子を睨む。

「何もないぜ。御堂も見えなかった」

「見えないひともいるみたい。法則性はわからないの」

「本当に一番危険な神なのかよ」

「やっぱり件の神がおかしいのかも。日付も変わったし、今日はここまでかな」

梅村が嘲笑した。

「霊感も役立たずかよ」

「これは未知の神よ。簡単に調査は進展しないわ」

冷たく答える上田を、切間が見返した。

「ああ、こんなことをしてる場合じゃない。ニュースは、東京は無事ですか？」

上田が怪訝な顔をする。

「何の話かしら」

「何処かの国がミサイルを発射して軌道が東京湾を目指している、と、ここに到着する直前に車内のラジオで流れていたでしょう」

「聞いたことがないわ」

「何を言ってるんですか。俺が東京に引き返すべきだと言ったら、上田さん、あんた自分で『逃げるかもしれないから実験を先に行う』とか『ここにいた方が安全だ』とか言ったじゃないですか」

全員が困惑の表情を浮かべた。誰も理解できず、切間だけが焦っていた。まるで今朝の俺みたいだ。冷泉が消えたことに気づいていない切間に必死に喋ったのを思い出す。

俺たちが気づかないだけで何かが起こったのか。それは、そこに在わす神が起こしたのか。車内で一瞬かかったラジオの内容を思い返そうとしたが、靄がかかったように思い出せない。俺はふらついて木枠に手をかけた。戸を閉めていなかったことに気づく。戸の鴨居を頭の先が潜ったと思った瞬間、空気が変わった。

＊＊＊

藺草の匂いが鼻腔を突き抜けた。靴底が柔らかな畳を踏む。広い和室が広がっていた。

「何だここ……」

清廉な光が障子を透かし、畳に木の格子の形を映す。周囲は無音だ。障子を揺すってみたが動かなかった。そこに在わす神を使った者は御堂の中で過ごした記憶を持って帰る。じゃあ、ここが神の居場所なのか。さっきは何事もなかったのに、何でこうなった。鼓動が早くなった胸を押さえる。一日過ごせば元に戻れるんだろう。落ち着いて、昼寝すればいい。そうだ、俺はガラにもなく働きすぎた。そのとき、暗い影が差し、重量を持った何かが背後に現れた。俺は恐る恐る振り返る。白布を被った巨大な人影が真後ろにいた。御堂の天井に頭がつくほどデカい。真っ黒で影が質量を持ったみたいだ。白布の中の闇に吸い寄せられて呑まれそうになる。身動きできない俺に、影はゆっくりと頭部を近づけた。理解できない囁きが奇妙な音階で響く。

「何……わかんねえよ……」

見上げた影は、片手に棒のようなものを持っている。両側の壁を貫くほど長く、片方の先端にぎらつく金属がついていた。薙刀(なぎなた)や矛みたいだ。

「嘘だろ……」

影が腕を振るった。凄絶(せいぜつ)な音と風圧が押し寄せた。

巨大な影が矛を振ったんだ。

「何も起こらないんじゃねえのかよ！」

俺は影に背を向け、駆け出した。畳は何処までも続く。同じ光景がどんどん後ろに流れて感覚がおかしくなりそうだ。影は追ってこない。矛が風を切る音と破壊の音が響く。

気が遠くなりそうなほど続く畳と障子の中に丸窓が浮かんでいた。足を止めて窓の外に目をやると、全色の絵の具を水にぶちまけたような混沌(こんとん)が渦巻いていた。俺は再び走る。

畳、障子、窓。何も変わらない。音が響くたび、窓の外が色を変える。突然目の前が陰り、いつの間にか影が立ちはだかっていた。足から力が抜け、俺は畳にへたり込む。

「何なんだよ……」

影はまた妙な言葉で何かを語りかけていた。どうしろって言うんだ。

「俺は帰りたいだけだ。何もなかったみたいに……」

そこに在わす神。最も危険で未知数の領怪新犯。神が矛を振り上げた。

＊＊＊

気がつくと礼拝堂にいた。切間と凌子、他のふたりが驚いた顔で俺を見ている。頭が混乱している。ボロボロの礼拝堂と壁一面の資料。連れてこられたときのままの空間だ。

「烏有？」

切間が立ち上がって問う。

「御堂に行った……畳と障子のある……中に……」

巨大な人影が、と言いかけて口を押さえた。あの影の話は誰もしていないようだ。見えたとわかったら、またろくでもない調査に付き合わされるかもしれない。こいつらに教えない方がいい。

「もしかして、使えるのは一日一回限定なのかな」

凌子はふっと息を漏らし、俺の手を取った。

「ありがとう、烏有くん。これだけで大きな進歩よ」

優しい声だった。縋りつきたくなるくらいに。騙されないよう、俺は目を固く閉じる。

「ともかく、これでふたりを信用できる」

上田と梅村は不服げだった。凌子は俺から離れ、切間の肩に手をやる。

「切間くんもありがとう。最後まで使わないでくれて」

凌子は上着のジャケットに手を滑らせる。内ポケットから拳銃が露出し、梅村たちの息を吞む声が聞こえた。

俺たちはまた車に乗せられた。今度は上田がハンドルを握り、梅村は助手席で寝こけている。発車と同時に、凌子が言った。

「この辺りは神隠って地名なの。いろんな事情で余所から逃げてきたひとたちが住み着いて、無事に過ごせるよう隠してって神様にお願いしたからだって」

「それをひと殺しに悪用してんのかよ」

俺の挑発に、凌子は悲しげに首を横に振った。

「誰も殺してないわ。知られずの神に消されたひとは皆、極楽みたいな綺麗で穏やかな場所に行くの」

「何故わかる」

切間が鋭く言った。

「前に烏有くんと同じ、見える力を持つひとが見たの。だから、使おうと思った。地獄に堕とす神なら使ってない」

対策本部にいた烏有、俺の遠い親戚のはずだ。そいつも消された。

「凌子さん、あんたの旦那はどうなんだよ」

「夫は自ら人的措置を望んだの。仕事で精神を病んでしまって、私は死なせることも助けることもできなかった」

「じゃあ、冷泉は望んでたのか」

凌子は眼鏡を外してブラウスの裾で拭いた。

「少しを犠牲に多くを救うためよ。私たちは危険な神を鎮め、人間を守るためとはいえ、神秘を侵している。それなら、私たちが神の代わりをしなきゃ」

こいつらが演じる神はどんな領怪神犯よりも無慈悲だろうと思った。

四

穏やかな振動のせいか、昔の夢を見た。家族で車に乗ったのはいつが最後だろう。親父が運転席、助手席のお袋がたまに振り返って、後部座席で眠る兄貴と俺を見る。出かけた場所は忘れたが、窓に映る夜光や、両親の潜めた声や、肩に寄りかかる兄貴の頭の重みは覚えていた。

停車と共に俺は目を覚ました。窓にスモークフィルムを貼った物々しい車内だ。対策本部の奴らに囲まれて眠っていた自分に驚いたが、隣の切間も目を擦っているのを見て少し安心した。凌子がドアを開ける。

「ふたりは先に降りて、ゆっくり休んで」

半開きの扉の向こうは、朝日で輝く大病院だった。車を降りて凝った肩や腕を回す。早朝の空気は冷たく清潔で、肺に溜まった澱みがやっと消えた気がした。

「で、何処だよここ」

「俺の嫁の入院先だ」

　切間は慣れた足取りでリノリウムの床を進む。

「妻は身体が弱くてな」

　静かな院内に響く声は疲労が滲んでいた。

「入院中、礼ちゃんは？」

「普段は義父が見ているが、母親から離れたくないとぐずったら泊まり込みだ。そのときは俺も付き合う」

「大変だな、お父さん」

　切間は個室の前で足を止める。扉のガラス窓の先、白いベッドが見えた。盛り上がった布団の端から長い黒髪が覗き、傍に小さな毛布が丸まっていた。切間が扉を開けた途端、毛布が跳ね上がった。

「お父さん！」

　飛び出した礼が一目散に駆けてきて切間にしがみついた。礼は動揺する切間の腹に頭を押しつけ、小さな拳で何度も叩いた。

「何で一回も連絡しないの⁉」

　礼の泣きそうな声はひたすら幼い。こんな年でも親父が危険な仕事をしているのはわかってるんだろう。

「ごめんな……」

切間は娘の髪を撫でる。凌子たちは切間を気遣って病院の前に降ろした訳じゃないだろう。家族の首元に手をかけているという脅しだ。ごめんな、と俺も呟いた。

切間が娘を宥めていると、礼の祖父という老人が来た。俺は少し離れた場所で様子を窺う。スーツ姿で帽子を被ったこの爺さんが宮木か。背筋は伸びて目つきも鋭く、政治家や大学教授のような権威を感じた。俺の知らない真実を山ほど知っている、対策本部の重鎮だ。宮木老人は礼の手を引きながら一瞬俺を見た。俺が見返すと、老人の方が目を逸らして立ち去った。切間は遠ざかる娘の背を見つめて言った。

「飯でも食うか」

辿り着いたのは、前に切間と礼と訪れたラーメン屋だった。古い赤提灯は光を失い、暑くなり出した夏風に揺れていた。ベタついたメニューを開きながら、硬い丸椅子に座る。冷たいおしぼりで手を拭くと、指についた泥が布地に溶けた。俺は前と同じラーメンと半チャーハンを選び、切間も同じものを注文する。今日は娘の残飯が回って来ないからだろう。

「礼ちゃん、大丈夫かよ」

俺は水のグラスを傾ける。結露が指を伝って涙のように落ちた。

「まあな。後で機嫌を取るさ」

「また鯛焼きか？　粒あんの」

「ろくでもないことはよく覚えてるな」

切間は口角を上げた。運ばれてきたラーメンを啜ると、空の胃に重たく沈み込んだ。脂っこいチャーハンを水で流し込みながら、俺は口を開く。

「なあ、あの戸を潜ったときさ、本当は誰かに会わなかったか」

切間の箸からメンマが零れ落ちた。やっぱり同じものを見てたのか。

「矛のようなものを持った巨大な人型の何かに会った。烏有、お前もか？」

「おう、そいつに話しかけられたか？」

「ああ、何を言ってるかわからなかったが」

「何て答えた？」

「ただ何事もなく戻りたいと言っただけだ」

「俺もだよ」

切間はラーメンの器を見下ろした。

「日本神話、知ってるか」

「歴史なんて織田信長くらいしか知らねえ」

切間は呆れ顔をして、まだ食べている途中なのに煙草を手に取った。

「古事記では、二柱の神が矛で混沌としていた大地を掻き混ぜて日本列島が生まれたとされるんだ」

俺は息を呑む。窓の外の混沌を掻き混ぜるような矛。あれが日本を作った神じゃないにしても相当似ていた。それなら、最高にヤバい神だというのも頷ける。

「凌子さんたちは何で知らねえんだ。自分たちで試したらわかるんじゃ……」

「試してねえんだろ。危険なことは俺たちみたいな奴に押し付けて、自分たちは安全な場所で見ていた。戸を使った人間は皆、凌子さんたちを危険視して教えなかった。だから、知らないんだ」

「何だよそれ、捨て駒じゃねえか……」

「対策本部はそういうところだ」

俺はレンゲを器の中に落とした。スープは残っていたが飲む気になれなかった。ポケットを探ると、冷泉からもらった煙草が出てきた。

「ライター借りていいか」

切間は無言でライターを滑らせる。煙草に火をつけると、重い煙が喉を雪崩れて噎せ返った。

「十代か？」

「うるせえな、いつものやつより重いんだよ」

冷泉の煙草は不味い。どうせなら銘柄を選ばせてくれればよかったのに。胸の奥に棘が刺さった感じがした。

「切間さん、消されないように気をつけろよ。俺と違って悲しむ奴がいるんだからさ」

切間が驚いたような顔をした。

「お前もいない訳じゃないだろ」

「誰だよ。家族も友だちもろくにいねえぞ」

「娘がお前のこと話してた」

「礼ちゃんが？　何て？」

切間は答えなかった。空の器を店主が下げる。スープの汚れが輪になった机に、煙草の灰が落ちた。切間は財布を開け、名刺のようなものと二枚の写真を取り出した。

「何だそれ」

「冷泉が、知られずの神に連れ去られても、書類や写真なんかの記録が残っていれば完全に消されないんじゃないかと言っていたんだ。だから、持ち歩いてた」

俺は名刺の方を受け取る。

〝宮内庁特別機関所属　切間蓮二郎〟と書いてあった。

「宮内庁？　警察の管轄じゃねえのか？」

「対策本部に入ったとき渡されたものだ。うちの主体は警察だが、俺の義父、宮木が宮内庁の重鎮と関わりがあって、実態はほぼその傘下だ。これは見る奴が見ればわかる、警察手帳みたいなもんだ」

「へえ……」

この名刺でも名字は切間のままだ。煙草が燃え尽き、灰皿ですり潰す。

「もう一回ライター貸してくれよ」

切間は正方形の厚紙を投げて寄越した。台紙にビジネスホテルの名前が書かれたマッチだった。

「持ってろ」

「これ苦手なんだよなあ……」

俺はマッチ二本を犠牲にしてやっと火をつけた。銜え煙草で写真を手に取る。一枚目は切間と今より幼い礼、知らない女が海辺で写っていた。

「熱海に行ったときだ」

写真の切間はいつもの仏頂面だ。口元を吊り上げてるからこれで笑ってるつもりかもしれない。

「妻が体調を崩したから家族旅行はあれっきりだな」

「治ったらまたいけばいいだろ」

切間は目を伏せた。

二枚目の写真は古い機材で撮ったのか、セピア色だった。資料を貼った壁の前に古い戸が立っている。あの礼拝堂だ。写真には六人の男女が写っていた。中央に切間、冷泉、凌子がいる。私服の老女は上田、白衣の男と軍服の男は見たことがない。

「こいつらは？」

「白衣の方はお前がぶん殴った梅村の父親だ。心療内科医だった。狐憑きの患者を看るうちに神の存在を知ったらしい」

「今もいるのか？」

「癌で亡くなった。今いるのは彼の息子のあいつだけだ」

「軍服の方は？」

「都賀さんだな。俺の義父とそこに在わす神を研究していた。彼自身も何度か使ったが後に失踪した。消されたのかもしれない」

淡々と紡がれる切間の言葉に疑問が浮かぶ。

「今の日本ってさあ、軍ねえよな」

切間は声を漏らした。狼狽が手に取るようにわかった。

「ない……ないが……都賀さんは軍で……」

切間の手から煙草が落ち、テーブルが焦げ付く。切間は濡れた布巾で慌てて火を消したが、全身汗だくだった。

「大丈夫かよ」

切間は口元を押さえて言った。

「前提が間違ってるのかもしれない……」

「何のことだ」

「俺は昨日確かに日本に向けてミサイルが発射されたニュースを聞いた。だが、戸を抜けてからはその事実が消えていた」

切間は俺に詰め寄り、声を低くした。

「そこに在わす神は中に入った人間の望みで現実を改変する神かもしれない」

何も起こさないと思われていたのは、戸を潜った人間以外気づけないからだ。一日かけて世界を丸々作り変える。そんな神を人間が利用したら──

「ヤバいんじゃねえか……」

切間は頷き、震える手で煙草をとった。火が危うげに揺らぐ。

「あの神は昔、宮木家が持ってたんだよな。何で手放したんだよ」

「……義父は妻の死を機に寄贈を決めたと言っていた。今思えば、妻が生きている世界に変えようとして失敗したのかもしれないな。死の運命は変えられないとわかって捨てたのか」

切間は唇に煙草を押し付けた。

「とにかくこれは誰にも言うな。あの神の特異性に対策本部が気づいたら終わりだ」

切間が写真と名刺を上着にねじ込むと、内ポケットからイヤホンのようなものが机に転げた。

「落ちたぜ、何だこれ？」

切間の顔がさらに青くなる。小さな黒い機械は赤いランプが灯っていた。

「盗聴器だ……」

凌子が切間の上着に手を滑らせていたのを思い出す。最悪だ。

五

店を出ると、黒い車が停まっていた。死神が迎えに来たようだ。後部座席の窓から凌子が顔を出した。

「少しは休めた？」

「つけてやがったな」

俺が睨むと、凌子はいつもの落第生に見せる笑みを浮かべた。

「私たちを信用してくれなかったでしょう。私たちも同じ。保険をかけたの。もう一度一緒にあそこに行ってもらえる？　ふたりが見つけてくれたことを確かめたいの」

切間は暗い声を出す。

「娘に一本電話を入れたい」

「勿論。対策本部室に寄ってから行きましょう。長丁場になるから仮眠室とシャワーも自由に使って。着替えのシャツも用意してあるから」

俺たちは霊柩車のような車に乗り込んだ。

対策本部室の地下にあるシャワールームは湿気がひどく、ガス室のようだった。髪と黴が排水溝に溜まって灰色の水が停滞している。蛇口から毒霧が溢れるのを想像したが、温い湯が降り注いだだけだった。俺は殺されない。まだ利用価値があるからだ。でも、死ぬよりまずいことが沢山あるのを知った。石鹸の泡と湯は髪から垂れるだけで、頭の中の澱みを洗い流してくれない。シャワールームの前に白いシャツが置かれていた。俺の安物の派手な服とは違う。袖を通すと、対策本部の一員として呑み込まれたようにも、死装束のようにも思えた。濡れないように置いておいた冷泉の煙草と、切間のマッチをジーンズにねじ込んだ。

地下から上がると、備え付けの電話に向かう切間の背中が見えた。娘に何を話しているのかは聞こえない。地獄でも、それすらなくても、行くしかない。

窓を塞いだ車は俺たちを乗せて進んでいく。凌子は膝の上に広げた資料を捲っていた。

「そこに在わす神の使用記録はほぼ残っていないの。記録があっても使用者以外に前の世界との違いを確かめる術はないけどね。だから、実験を重ねなきゃ」

「もう始めてんのか」

「いえ、私たちが到着してから。一日一度しか使えないから何ヶ月もかかる。対策本部の三分の二が集まる大仕事よ」

車を運転するのも助手席のも知らない奴らだ。対策本部が総勢何名かも俺は知らない。

「その間、他の神は放置か」

切間は凌子を睨んだ。新品のシャツとは対照の酷くくたびれた目つきだった。

「仕方ないでしょう。最も危険な神なんだから」

凌子の微笑みは言葉とは裏腹に楽しげだった。

車が山道に停まる。あの建物は闇に溶かされている最中(さなか)のように朧(おぼろ)げだった。森のざわめきにブレーキ音が交じる。降車してから俺たちの後ろに三台の車が追走していたことを知った。それぞれからスーツや私服の老若男女が降りて来た。鉄柵(てっさく)を抜け、ぬかるんだ道を進む。夜闇(よやみ)に荒削りな神像が茫洋(ぼうよう)と浮かんでいた。あれは知られずの神だろうか。俺と切間以外の他全員消してくれと願ったら叶(かな)うんだろうか。

俺は凌子に促されて、礼拝堂の扉を潜った。中には二十人近い人間がひしめいていた。埃(ほこり)と黴の匂いより濃いひといきれに息が詰まる。凌子が朗らかに言った。

「お待たせしてごめんなさい。彼らがそこに在わす神の調査を進めてくれたふたりです」

全員が俺と切間を見る。驚嘆の声や拍手まで聞こえた。宗教じみた空間だった。

「もう情報は行き渡っています？」

戸の前にいた上田が腕時計を見る。

「ええ。もうすぐ日付が変わるわ。誰が行くの」

「僕でいいですか？」

手を挙げたのは梅村だった。

「彼らの情報じゃ信用できないんで自分で確かめますよ。現実を改変できるか、ひとの死は変えられないのか、その両方ですね」

奴は挑むように俺を仰いだ。俺はご自由にと肩を竦(すく)める。上田がまた腕時計を見た。

「零時零分。始めましょう」

全員が見守る中、梅村は戸に向き合った。

「緊張しますね」

切間は俺の隣で腕を組み、梅村に言った。

「気をつけろ。毎回同じことが起こるとは限らない」

「わかってますよ。僕も対策本部員なんで」

若くて俺よりずっと裕福な奴が何故こんな仕事についたんだろう。別の機会に会っていたらそういう話もできただろうか。駄目だ、切間の甘さが移ってやがる。

「行きます」

梅村はスーツの腹で手汗を拭き、戸に手をかけた。細い脚が敷居を跨ぎ、木枠を潜り、向こう側へ抜けた。戸を閉めた梅村の顔は少し紅潮していた。

「すごかったです。黒い人影みたいなの、本当にいました」

興奮気味に話す梅村に、凌子が苦笑する。

「無事でよかった。それで、何を願ったのかな？」

「はい、ポロニア＝パイパー症候群を失くせって願いました」

俺含めた全員が眉をひそめる。梅村は高揚したように更に声を上げた。

「誰も知らないんですか？　本当に？　じゃあ、僕の父親は？」

「癌で亡くなったと……」

切間の答えに、急に梅村は元気を失くした。

「やっぱり死んだひとのことは変えられないんですね」

梅村はそう言って、急に蹲ってえずいた。凌子が奴の背をさする。

「大丈夫？」

「すみません、まだ混乱してて……」

「いいよ、少し外の空気を吸って車で休んでいて」

梅村がフラフラと退出してから、凌子は一同に向き直った。

「そこに在わす神の有効性がわかりましたね」

周囲が沸き立った。喜びを噛みしめる者や早くも活用法を議論し合う者たちの中、微かな不安の声も聞こえた。スーツ姿の小柄な女が隣にいる白衣の男と沈鬱な顔で囁き合っていた。上田がかぶりを振る。

「梅村が芝居を打っていないという確証はないわ」

「それはこれから確かめていきましょう」

「確かめてどうする気だ」

切間が一歩踏み出した。

「誰にも知られず現実を改変する力が本当にあるなら危険すぎる」

凌子は眼鏡の奥の目を細めた。

「じゃあ、どうする気かな」

「即刻使用を停止し、封印すべきだ。迂闊に使ったら国が滅ぶなんてもんじゃない」

「では、迂闊に使わない機関が保有すべきよ」

上田が口を挟んだ。

「何？」

「有用性が証明されれば、我々ではなく国の管轄にすればいい。貴方のお義父様ならそのパイプも持っているでしょう」

「国に持たせてどうする」

「我々は大局を見なければ」

上田は指を組んだ。背後で厳つい大柄の男が切間を睨んでいた。

「そこに在わす神は現実を改変するだけではなく、以前の記憶を持った者を新しい世界に送り込むことができる。情報戦の時代に於てこれ以上のアドバンテージはないわ」

「正気か？」

「第三次世界大戦」

凌子の静かな声が響いた。

「件の神の予言が妄想でないのなら本当になるのかも。そのとき日本がどんな被害を受けるか。礼ちゃんに平和な未来を残したいでしょう？」

切間の喉仏が上下した。

凌子は戸の前を歩き回った。

「そこに在わす神を使えば日本は有利に戦える。神は人間を守るものでしょう。在り方として逸脱しないわ」

「……その結果、どんな歪みが起こるかわからないぞ。領怪神犯に国の主導権を譲る気か？」

「既にそうなっているのかもね。宮木家は何度もこの神を使ったんだもの。これは神を利用して主導権を奪い返す行為よ」

切間は押し殺した声で言った。

「承服できない」

上田の深い溜息の後、かちゃりと冷たい音がした。

「切間さん！」

俺は飛び出した。上田が右手に拳銃を持っている。切間は素早く懐から出した銃を構えて言った。

「怪我しますよ、上田さん。射撃訓練は受けてないでしょう」

礼拝堂にざわめきが走った。凌子だけは笑みを浮かべたまま両者をなだめる。

「ふたりともやめてください。今はいがみ合っている場合じゃないでしょう」

上田と切間は膠着状態で睨み合っていた。更に何人かが銃を取り出す。まずい。上田の背後の男も銃を抜いた。

「切間、いい加減にしろよ。警察の頃から余計なことばっかりしやがって！」

数人が逃げ出そうと蠢く中、小柄な女が銃口を男に向けた。

「すみません……私も反対です……」

男の注意が一瞬そっちに向いた。俺は駆け出し、地を蹴って大男の脇腹に膝頭をぶち込む。男が吹っ飛び、銃が宙を舞った。切間が地に落ちた銃を咄嗟に蹴り避ける。やった。そう思った瞬間、火花が爆ぜた。上田の構えた銃口が閃き、雷のような音が轟く。

切間の白いシーツの腹から真っ赤な鮮血が飛び散った。

六

全てが停滞して見えた。倒れる切間の指が引鉄を引き、銃を拾おうとしていた男の腕を撃ち抜く。小柄な女が銃を構えた。上田の額に丸穴が開き、後頭部から白髪と血が噴き出す。死の直前に上田が放った銃弾が、女の左胸を貫通して爆ぜた。銃声が止み、硝煙の匂いが満ちる。剝がれた床板に赤い血と白いゼリー状の肉塊が広がっていた。俺が正気に戻るまで何秒かかっただろう。

「切間さん！」

俺は切間に駆け寄って抱き起こす。上着の下に入れた手が生暖かく濡れて滑った。

「しっかりしろよ！」

切間がくぐもった呻きを漏らした。まだ生きている。再び銃声が聞こえた。頰に温かい雨がかかり、俺の真横にいた白衣の男が血を吐いて倒れる。悲鳴と銃声、何かが砕ける音、重いものが倒れる音が連続して響いた。流れた血が俺の足元まで延び、ジーンズが赤い水を吸い上げる。神がいなくても、地獄はあった。切間が力無く俺の肩を叩いた。

「烏有、向こうに……」

血塗れの指は壁際の懺悔室を指していた。俺は切間を背負って走り出した。肩で懺悔室の扉を押し開け、駆け込む。扉を閉める寸前、凌子と目が合った。

懺悔室の中には豆電球が灯っていた。爪先に硬いものが当たる。俺の靴裏の形に血の跡が散らばる床に小さな突起があった。隠し扉だ。俺は切間を床に下ろし、突起を引いた。扉が開く。中には階段が続いていた。俺は再び切間を背負った。

「おい、なあ、死ぬなよ！」

「うるせえ、生きてるよ……」

声は掠れていた。俺は重みに耐えながら地下階段を下る。血で滑って足を踏み外しそうだ。切間の身体は冷たく、背中に滲む血だけが温かい。命が零れ落ちている。

爪先が違う感触に触れた。両足を地面につける。階段が終わったようだ。仄暗い静寂の中に、切間の息だけが響いている。

「とにかく、救急車……電話探さねえと……止血も……」

焦りで頭が回らない。壁際を探ると、指先が何かのスイッチに触れる。じっと音を立てて明かりが灯った。

「何だよこれ……」

神社の鳥居のような赤い柱が等間隔で並び、檻を形作っていた。その中にあるはずのないものが蠢いている。鈴の音が響いた。干からびた無数の頭と鋭い爪。

「すずなりの神……！」

それだけじゃない。波状に光る腕、巨大な蛇の頭、燃え盛る火中の神、白い繭をつくる桑巣の神。全部、領怪神犯だ。

「どうなってんだ……」

「まだらの神だ……」

切間の唇から血の雫が玉になった唾液が糸を引く。

「対策本部は神を使って多くの神を収容していた。それがこれだ……」

「じゃあ、これ全部対策本部が捕まえた……」

階段から音がする。凌子たちが捜してるんだ。上には戻れない。俺は座り込んだ。切間の身体が滑り落ちる。

「ごめんな……」

俺がもっと賢かったら何とかできたのに。撃たれたのが俺ならよかったのに。俺のせいで切間は死ぬ。祈る神なんかどこにもいない。周りは化け物だらけだ。切間が俺の手首を掴んだ。手の平だけはまだ温かかった。

「お前にしかできないことがあるだろ……」

「そんなもん……！」

赤い檻の向こうに影がある。犬くらいの大きさの仔牛で、顔は皺くちゃの老人だった。

「件の神か……？」

仔牛が頭をもたげる。俺は這いずって手を伸ばし、頭に触れた。額に小さな角がある。突っ張った皮膚が柔らかい。

「俺、鳥有家の人間だ……あんたを信じてた……俺以外みんな消された……」

件の神は赤い目で哀しげに俺を見た。

「悔しいよな、ゴミみたいに捨てられてさ。俺もそうだよ。あんたもだろ……」

火中の神も桑巣の神も自分を信じる人間のために力を使った。神はひとの奴隷なんかじゃない。人間だってそうだ。俺と信じてくれた奴を助けたい。

「あんたを信じるから、助けてくれよ……」

件の神が震えた。全身が風船のように膨らむ。俺は思わず退いた。神の巨体が檻の隙間を埋め尽くし、角が伸びる。柱が砕け散った。件の神が吠え、咆哮が地下を震わせた。

「何……？」

件の神は向かいの檻に突進し、伸びた角を振るった。赤い檻が崩れ落ち、中から巨大な蛸のような吸盤の脚が溢れた。件の神が次々と檻を破壊する。大蛇、顔が七つある仏像、魚の骨、巨大な傘、三つ目の猫、白い靄、すずなりの神、桑巣の神、火中の神。解放された神々は皆、上を見た。そして、怒濤の音を立てて、一斉に階段を駆け上がった。扉が破壊され、鮮明な悲鳴が響いた。件の神だけは俺を一瞥し、暗がりの奥に消えた。

俺は呆然とへたり込んでいた。

「何が起きてんだ……」

切間が泡を吐くような声を上げた。

「神々の怒りに触れたな……対策本部は終わりだ……やったな、烏有……」

口から血を垂らし、切間は笑っている。

「やったって、これからどうすりゃいいんだよ……」

切間が差し出したのは拳銃だった。

「行ってこい、まだ残ってるはずだ」

「殺せってか……」

「違う、これは護身用だ」

切間は荒い息を吐く。

「いいか、知られずの神に願うんだ。対策本部全員を消し去れ」

「全員って……」

「俺も含めてだ」

俺はガキみたいに首を横に振った。

「嫌だよ……他に、そこに在わす神に願えばいい！　全部なかったことにできるんだろ！」

「今日はもう使えない。実験で見ただろう」

そうだ、日付は変わったばかりだ。明日まで切間は保たない。

鈴の音が聞こえ、階段から血の波が押し寄せた。

「他にねえのか……」

「対策本部がある限り、神を利用する奴は現れる。全部消すしかない……」

「何で切間さんが死ななきゃいけねえんだよ」

「死なない。知られずの神に消された人間は極楽みたいな場所に行くんだろう。烏有家の証言だ、信用できる……」

「……礼ちゃんと奥さんはどうするんだよ」

切間は震える手でジャケットを探った。血塗れの名刺とセピア色の写真が落ちた。

「戸籍は用意してやれなかったが、代わりだ……これがあればある程度融通できる。お前も名無しの幽霊じゃなくなる。だから……娘と妻を頼んだぞ……」

切間の声がどんどん掠れていく。俺は呼吸を整え、立ち上がった。

「わかった。でも、ふたりだけじゃねえぞ。いつか必ずあんたも取り戻しに行くからな」

切間はいつもの呆れた息を漏らし、俺の脛を蹴った。

「こんなときもかよ！」

空元気で叫ぶと、切間は口角を上げた。馬鹿真面目な下手くそな笑い方だ。俺は銃を手に取り、階段を上った。振り返ったら歩けなくなりそうだった。上る間も、切間の息が聞こえていた。

懺悔室の扉を開ける。地獄絵図だった。床と壁と天井にまで隈なく血が塗られている。手足が散らばっているのはまだいい。炭化した塊や、壁に張りついた人形の影や、肉の色をした立方体まであった。桑巣の神がすずなりの神を糸で搦め捕っていた。繭が収縮し、すずなりの神が消える。俺は桑巣の神の真っ白で柔らかな頭に触れた。

「連れて来てごめんな。自分の村に帰ってくれ。何度も助けてくれてありがとう」

小さな触角が俺を励ますように手の甲を叩いた。絹糸が解け、桑巣の神が飛び去った。

血溜まりの中でまだ生きた人間が蠢いている。そこに在わす神に凌子がもたれかかっていた。割れた眼鏡が落ちている。胸から血を流しながら凌子はまだ微笑んでいた。

「復讐……？」

「俺のじゃねえ、あんたらが好き勝手した神のだよ」

「最悪ね……」

「あんた、本当は神を憎んでるだろ」

凌子は初めて微笑を崩し、無表情に言った。

「ええ。夫は私の故郷の神のせいでおかしくなったから……」

「信じるよ」

凌子はまた作り物じみた笑みを浮かべた。

「撃ったら……？」

「撃つかよ。あんたが消した奴らに一発ぶん殴られて来い」

俺は拳銃を放り捨て、礼拝堂を出た。

扉を開けると、濃密な血の匂いが夜風に洗い流された。月もない夜空に粗雑な白い像だけが浮き上がって見えた。俺は口に出さず祈る。全部消してくれ。神に手を出した全員を。俺たちみんなの間違いをなかったことにしてくれ。白い像のベールが風に揺れたような気がした。

辺りは変わらず静かで、冷たい夜風が吹くだけだ。血の匂いも呻き声もしない。俺は分厚い扉を押して、礼拝堂に戻った。血の海が消えている。肉片も手足も死体もない。生き残りも誰もいない。神々の破壊の痕は残り、散乱する長椅子や机が元から廃墟だったように見せていた。破れたステンドグラスから吹き込む風に壁の資料が揺れる。奥にはそこに在わす神が鎮座していた。俺は無人の礼拝堂を進み、懺悔室からの階段を駆け降りた。辿り着いた先にも何もなかった。空疎な暗い地下室に切間の姿はない。死体がないことの安堵が、やり切れない思いを堰き止めた。床に二枚の紙がへばりついていた。俺はそれを拾い、足早に地下を出た。俺は何も考えないように言い聞かせながら建物を後にした。

夜露で湿った階段に座り込む。風が木を撫でる音が聞こえる。冷泉の煙草を出し、切間のマッチで火をつけた。夏が終わる。あいつらと一緒にいた時間は、たったこれだけしか残らなかった。煙が闇に溶け、火花が散る。俺は拾った二枚の紙を出した。片方は切間の名刺、もう片方は対策本部の写真だった。

「家族写真はちゃんと持ってったのかよ、切間さん……」

雨は降ってないのに、写真に透明な雫が落ちた。俺たちは何もかも間違った。神々は、人間の手には負えない。それでも、まだ世界も人生も終わってない。泣いたのは兄貴の葬式以来だった。

七

資料を選り分けて、廃墟の裏にあったドラム缶で燃やすうちに朝が来た。記録を全て燃やしたら神がどれだけ危険かわからなくなる。少しは残した方がいいが、どれを残すべきかわからない。ここに来た奴らは対策本部の三分の二らしい。もしかしたら、まだ消えていない奴らもいるかもしれない。そいつらは資料の破棄と対策本部の立て直しを手伝ってくれるだろうか。凌子たちのように敵対したら？

「俺だけじゃ駄目だ……とりあえず東京に戻らねえと……」

燻る紙片と火の粉が蛍のように舞い、空が薄桃色になる。俺は落ち葉と土で火を消して、山道を下った。鳥の声と木々のざわめきが苛むように響く。帰り道もわからない。歩ける距離じゃないだろう。血塗れだったはずの俺のシャツは、煤の汚れしかついてなかった。錆びた鉄柵を抜けると、一台の黒い車にもたれる男がいた。

「梅村……何で……」

奴は憔悴しきった顔をしていた。

「お前、何で消えてないんだよ！　対策本部員じゃねえのか！」

「まだ研修中なんだよ！　それより、何ではこっちの台詞だよ！　銃声が聞こえたと思ったら、すごい音がして、中から化け物みたいな……」

梅村は吐き気を抑えるように口を覆う。何てことだ。梅村は正式な職員じゃないから消されなかった。俺がまだここにいるのもそういうことか？　思い返して急に不安になった。

「なあ、お前俺のこと覚えてるか……」

梅村は目を鋭くして、俺の頬を殴りつけた。

「覚えてるに決まってるだろ」

奴は吐き捨てるように言う。痛いはずだが、感覚が鈍麻して他人事みたいだ。それより、消し去られなかった安堵の方が勝った。

「よくわかった」

梅村は溜息をつく。

「中の奴ら、死んだのか」

「死んでねえよ。全員消えた」

俺の話を梅村は黙って聞いていた。高くなった太陽の光と熱が首筋を啄んだ。

「いつかこうなるんじゃないかと思ってた」

俺が話し終えると、梅村はそう言って背を向けた。

「ここにいてもしょうがないし、帰るか。お前、運転できる？」

「戸籍もねえのに免許があるかよ」

梅村は目を丸くした。

「じゃあ、また僕が運転席かよ。免許ある奴が残ってればよかったのに」

助手席のドアは俺に向けて開かれていた。迷っていると梅村が苛ついた声を出す。

「早くしろよ、歩いて帰る気か」

俺は服の汚れを払って乗り込んだ。車内は籠った熱気が満ちていた。梅村はハンドルに頬杖をつく。

「これからどうするんだよ」

「あそこの資料をどうにかする。大事なもんだけ地下に運び込んで、あとは捨てる。それにはまず対策本部を立て直さなきゃな。二度と同じこと起こさねえ奴だけ選ぶんだ」

言い終わってから、俺は梅村を見た。

「手伝ってくれんのかよ」

「まあね」

「何で？」

「お前が俺を殴ったから」

意味がわからず問い返す。梅村は唐突に言った。

「僕冷泉さんに告ったことあるんだよ。振られたけど」

奴はフロントガラスに映る朧げな神像を見つめていた。

「消したい訳じゃなかった」

俺はわざと横柄な態度で助手席にふんぞり返る。

「振られたのかよ。ダセえな」

梅村に肩をどつかれた。懐かしい痛みを思い出してまた泣きたくなった。

スモークフィルムを貼っていないフロントガラスからは遠ざかる木々と、徐々に都会染みていく街並みがよく見えた。東京の交差点はどこもひとがごった返している。

「夏休みも今日で終わりなのにな」

俺の呟きに梅村が嘲笑を返した。

「終わりだから遊ぶんだろ。宿題残してたタイプかよ」

「学校ほぼ行ってねえんだ」

梅村は黙り込んだ。夜を映すガラスにネオンの粒が溶ける。何も知らずに生きている人間たちが蠢いていた。

闇に聳えるビルが見えた。対策本部室に明かりがついている。梅村が車を停めるのを待っていると、エントランスから帽子を被った矍鑠とした老人が出てきた。宮木だ。

「対策本部の創設者だよ。参ったな、いきなり本命だ。どうする？」

梅村が呻き声を出す。俺はシートベルトを外した。

「行ってくる」

「勝算ある訳？」

「そんなもんねえよ……」

俺はシャツのポケットに捩じ込んでいた名刺を出した。

「でも、まともに生きろって言われたんだ」

ミラーに映る自分の顔を見た。俺が知ってる一番まともな大人は、あいつだ。前髪を撫で上げ、背筋を正す。鋭い目つきを作り、口元を引き締める。俺は車を降りた。

「宮木さん」

老人は振り返る。俺は大股で老人に歩み寄り、一息に言った。

「対策本部は壊滅した。領怪神犯が何柱か脱走した。至急組織を立て直す必要がある」

自分で驚くほど低い声が出た。老人は怪訝な顔で俺を見た。

「……何を知っている？」

「全てを」

俺は詐欺師だ。神だって人間だって騙してみせる。老人が口を挟む前に畳み掛けた。

「交渉だ。組織の再編に協力するならそこに在わす神を譲渡する。代わりに対策本部の人選は俺に任せてほしい。神に干渉せず、記録を目的とした組織に変える」

老人は俺を眺める。覚えがあるが思い出せないという表情だ。

「君は誰だ……」

俺はポケットから名刺を出して見せつけた。

「宮内庁特別機関所属、切間蓮二郎」

対策本部は思ってた以上にとんでもない組織だった。凌子たちはほんの末端だ。半月もかけずに礼拝堂にあった資料は厳選され、地下に運び込まれて、廃墟は封鎖された。

埃っぽい対策本部室は変わらない。俺が机に山積みの資料に向かい合っていると、梅村が後ろから顔を覗かせた。

「重役は大変だな。僕もいいポジションに入れといてよ」

「言われなくてもこき使うから安心しろ」

梅村が携えたマグカップから、コーヒーの湯気の匂いがした。

「で、組織再編の目処は立ったのかよ」

「時間はかかるけどな」

俺は極秘の印を押された資料の中の写真を見下ろす。どれも隠し撮りされたものだ。民俗学者、刑事、精神科医から何も知らなそうな子どもまで。対策本部は恐ろしい組織だと思う。俺は数枚の紙を抜き取った。

「まず、江里を呼び寄せる。呼び潮の神の実体を知る数少ない人間だ。それから、ことくな神の記録にあった六原を調査する。凌子が危険視していた家だ。かえって信頼できる。長男が成人したら声をかける。それから……」

途中で、梅村が目を背けた。

「お前、別人みたいだな」

「そうしてんだよ」

俺は最後の一枚を捲(めく)って口を噤(つぐ)んだ。写真の中に見覚えのある少女がいた。

「ちょっと出てくる」

俺は資料を机に置いた。時計を見ると午後五時だった。病院の面会時間にはまだ間に合う。

切間と訪れたときの記憶を辿(たど)って、俺は病院の廊下を進む。片手に持った紙袋がかさついた。廊下に小さな影が差し、病室の前にひとりの少女が立っていた。賢そうな大きな目とふたつに結った髪は変わらない。

「礼ちゃん、だよな」

切間の娘は不思議そうに俺を見上げた。

「お母さんのお見舞いか？」

礼は母親の病室に視線を走らせる。警戒されている。きっと覚えてないんだ。

「ええと、お母さんの友だちですか」

「お父さんのだよ」

少しの沈黙の後、礼は首を振った。

「お父さん、いないんです。私が生まれる前にいなくなっちゃったの」

心臓に冷たいナイフが滑り込んだような感じがした。俺は声を絞り出す。

「そっか……」

「大丈夫ですか」

礼の瞳が警戒から心配に変わった。こういうときの顔は切間に似ていた。

「お父さんのこと知ってるんですか」

「ああ、知ってる。覚えてるよ。ずっと礼ちゃんとお母さんのこと心配してた。たぶん今も」

俺は持っていた紙袋を突きつけた。礼は困惑気味に受け取る。

「全部粒あんだから」

俺は返事を聞く前に、踵を返して元来た廊下を進んだ。

病院を出ると、外はもう暗く空気が冴えていた。晩夏と初秋は少しの時間差でどうしてこうも変わるのだろう。

そこに在わす神は宮木老人たちがさっさと持ち去った。宮内庁の何処かに保管するらしい。きっと利用する気だ。真実に近づくほど、どれだけ自分が遠いところにいるか思い知らされる。俺は極秘情報を知ることができる立場に食い込んだ。まだ神について何か知ってるようなはったりを利かせた甲斐があった。奴らが世界を作り変える気なら、俺は元に戻すことに使う。神、空にしろしめす、だ。

了

窓の外には二十年前から何も変わらない東京の空が広がっていた。変わらなすぎるくらいだ。領怪神犯対策本部が特別調査課に変わってから、文化も技術もほぼ発展していない。冷戦は激化も終息もしないまま続いている。あれから、上の連中がそこに在わす神を使うたびに俺も使った。何も変わらない世界を維持するために。きっと俺が知らない改変も、歪(ゆが)みも、生じているはずだ。切間に言われた、まともな生き方とは程遠い。

蛍光灯が音を立てて明滅し、窓のブラインドを指で押し下げた。建物の中庭などを挟んだ下の階の喫煙所に宮木礼がいる。あの娘だけは巻き込まないようにしようと思ったのに、結局できなかった。礼の祖父が宮内庁に召し上げてからのことは知らない。しばらくして、こっちに左遷されたということは、礼も何かを知りすぎたんだろう。消されなくてよかったと思う。礼が特別調査課に来たとき、焦ったと同時に少し希望が見えた。あの娘ならいつか切間を取り戻せるんじゃないかと思ったからだ。でも、今回の調査も失敗だった。

ブラインドを元に戻すと、真後ろに梅村がいた。

「若い子を覗き見してるのかよ、切間さん」

「阿呆(あほう)か」

あいつの名前で呼ばれるのは何年経っても慣れない。

「切間さんも見た目は若いままだけどな。全然変わらない」

俺は冬日が眩しい窓に反射する自分と梅村を見比べた。梅村も四十より若く見えるが、俺は異様だった。皺ひとつできないし、白髪もない。体力も衰えた気がしない。

「変わらない、か……」

俺は梅村に向き直る。

「昔はお前に別人みたいだって言われたのにな」

「そりゃチンピラじゃなくなったけどさ」

梅村は肩を竦めて笑った。俺は前髪を上げて、スーツを着込んで、背筋を正して、切間の真似をしている。二十歳の頃との違いはそれだけだ。

「たぶん、そこに在わす神のせいだ」

俺の言葉に、梅村は目を瞬かせた。

「宮木の爺さんだってあれからずっと生きてる。そこに在わす神を使う奴は神の使いとして保存されるんだ。改変された世界を見届けるためか、元の世界との違いを証明するためかは知らないが」

梅村は深く息を吐き、首を振った。

「やっぱり変わった。お前は賢くなりすぎたよ」

「馬鹿のままでいたかったよ」

でも、それじゃ生きられない。俺は書庫の片隅に隠しておいたものを手に取った。

「煙草吸ってくる」

廊下にはまばらな人影があった。何も知らない連中に交じって、特別調査課の奴らが彷徨いている。資料を抱えた江里は俺とすれ違うとき、僅かに顎を引いた。本物の切間を覚えているのに、何も詮索しないでいてくれる。奴の無関心と諦めがありがたかった。冷泉と同じオカルト雑誌の記者もいた。明るくてゴシップ好きのところは似ていないが、タールの重い妙な煙草を吸ってるのは一緒だ。

曲がり角で六原にぶつかりかけた。

「失礼」

青白い横顔は凌子を思い出す。薄ら寒い気持ちを隠して、俺は構わないと手を振った。

六原は口の端を微かに上げた。

「宮木と片岸なら向こうにいますよ。話があるのでは？」

「いや、もう済んだ……何故そう思った？」

「切間さんは毎回知られずの神の調査に赴いた職員に接触しているでしょう。御自身で調査に行かないのは事情があるのですか」

「……だったら何だ。お前の義弟を危険に晒すなって忠告か？」

「いえ、自分も同じですから」

「何？」

「あの山には何度も近づけない。妹を捜索する間にそう思いました」

俺は絶句した。俺はもう補陀落山に近づけない。知られずの神に近づきすぎたし、利用した。今度行ったら消されないとも限らない。何も教えていないのにそんなことまでわかるのか。六原は笑みを浮かべた。

「優秀な次世代が解決してくれることを願いましょう」

凌子が最後に見せたのもこんな表情だった。

灰皿のある方へ向かうと、礼の声が聞こえた。

「『神、空にしろしめす。なべて世は事もなし』ですか」

俺ははっとして足を止める。礼の隣には片岸代護(だいご)がいた。いつかああして、灰皿を囲んで切間から同じ言葉を聞いた。俺に気づいたふたりが振り返る。俺は足を肩幅に開いて立ち止まった。礼が軽く会釈する。片岸が煙草を灰皿にねじ込んで、曖昧(あいまい)に頷(うなず)いた。

「先程はどうも、失礼を……」

しおらしい態度に笑いそうになって、慌てて表情を引き締めた。俺は低い声で言う。

「気にするな。上層部に気兼ねなく意見できる人間がいる方が組織として風通しがいい」

切間ならそう言うだろう。未(いま)だにあいつならどうするか考えて生きている。

「ありがとうございます」

片岸はバツが悪そうに言った。何だかんだ言って真面目なのに向こう見ずなところや、愛妻家なところは切間に似ていると思う。礼は気づいているだろうか。そんなはずはないか。ふたりはもう一度会釈して立ち去ろうとしたが、途中で礼が立ち止まった。

「そういえば、知られずの神についてではないんですけど、気になることがあって」

自分の心臓が跳ねるのがわかった。

「何だ？」

「あの村で迷ったとき、誰かに道を教えてもらった気がするんですよね」

片岸が怪訝な顔をする。

「そんなことあったか？　ほとんど一緒に行動してただろ」

「そうなんですけど、片岸さんと合流する前かな？」

礼は首を捻った。俺は平静を装って尋ねる。

「どんな奴だった……？」

「よく覚えてないんですが、背が高くて日焼けしてて、雰囲気が少し切間さんに似てました。お礼しようと思って、名前も聞いたはずなのに……」

礼はあっと声を出した。

「そうだ、確か烏有って言ってました。でも、そんな名字ないですよね？」

俺は返事も忘れて立ち尽くした。呆れているんだと思ったのか、片岸が礼を宥めた。

「妙なこと言うなよ、お前……」

俺は必死で呼吸を整え、震える指でポケットを探った。剝き出しのままの五千円札を出して、何とかふたりに突きつけた。ふたりが目を丸くする。

「……今日はもう終わりだろ。ラーメンでも食ってこいよ」

札は頭を下げて受け取った。片岸は困惑していた。

遠ざかるふたりの話し声が聞こえる。

「宮木、あそこで受け取るのかよ」

「厚意はもらっておくべきですよ！　子どもの頃、切間さんがたまにラーメン屋に連れて行ってくれたんです。そこに行きましょう」

俺はベンチに座り込んで、書庫から取ってきたものを出した。冷泉の煙草を一本取り、切間のマッチで火をつける。煙を深く吐き出すと、二十年間の年月が一気に解けたような感じがした。まだ昨日のことみたいだ。

「まだ全然まともに生きれてねえよ、切間さん……」

煙が視界を、窓に映る街を、東京タワーを曇らせた。

本書はWeb小説サイト「カクヨム」にて掲載された「領怪神犯」間章～第二部を加筆修正の上、文庫化したものです。

この物語はフィクションであり、実在の人物・地名・団体等とは一切関係ありません。

領怪神犯2

木古おうみ

令和5年 7月25日　初版発行
令和6年 9月25日　4版発行

発行者●山下直久

発行●株式会社KADOKAWA
〒102-8177　東京都千代田区富士見2-13-3
電話　0570-002-301（ナビダイヤル）

角川文庫 23736

印刷所●株式会社KADOKAWA
製本所●株式会社KADOKAWA

表紙画●和田三造

ISBN 978-4-04-113799-4　C0193

◆◇◇

角川文庫発刊に際して

角川源義

第二次世界大戦の敗北は、軍事力の敗北であった以上に、私たちの若い文化力の敗退であった。私たちの文化が戦争に対して如何に無力であり、単なるあだ花に過ぎなかったかを、私たちは身を以て体験し痛感した。西洋近代文化の摂取にとって、明治以後八十年の歳月は決して短かすぎたとは言えない。にもかかわらず、近代文化の伝統を確立し、自由な批判と柔軟な良識に富む文化層として自らを形成することに私たちは失敗して来た。そしてこれは、各層への文化の普及滲透を任務とする出版人の責任でもあった。

一九四五年以来、私たちは再び振出しに戻り、第一歩から踏み出すことを余儀なくされた。これは大きな不幸ではあるが、反面、これまでの混沌・未熟・歪曲の中にあった我が国の文化に秩序と確たる基礎を齎らすためには絶好の機会でもある。角川書店は、このような祖国の文化的危機にあたり、微力をも顧みず再建の礎石たるべき抱負と決意とをもって出発したが、ここに創立以来の念願を果すべく角川文庫を発刊する。これまで刊行されたあらゆる全集叢書文庫類の長所と短所とを検討し、古今東西の不朽の典籍を、良心的編集のもとに、廉価に、そして書架にふさわしい美本として、多くのひとびとに提供しようとする。しかし私たちは徒らに百科全書的な知識のジレッタントを作ることを目的とせず、あくまで祖国の文化に秩序と再建への道を示し、この文庫を角川書店の栄ある事業として、今後永久に継続発展せしめ、学芸と教養との殿堂として大成せんことを期したい。多くの読書子の愛情ある忠言と支持とによって、この希望と抱負とを完遂せしめられんことを願う。

一九四九年五月三日

准教授・高槻彰良の推察

民俗学かく語りき

澤村御影

事件を解決するのは“民俗学”!?

嘘を聞き分ける耳を持ち、それゆえ孤独になってしまった大学生・深町尚哉。幼い頃に迷い込んだ不思議な祭りについて書いたレポートがきっかけで、怪事件を収集する民俗学の准教授・高槻に気に入られ、助手をする事に。幽霊物件や呪いの藁人形を嬉々として調査する高槻もまた、過去に奇怪な体験をしていた——。「真実を、知りたいとは思わない?」凸凹コンビが怪異や都市伝説の謎を『解釈』する軽快な民俗学ミステリ、開講!

ISBN 978-4-04-107532-6

ISBN 978-4-04-106777-2

ISBN 978-4-04-113181-7